I0630490

TRADUCTION FRANÇAISE

Strophe pour Strophe,
Vers pour Vers et Syllabe pour Syllabe,

DES

HYMNES & PROSES

DE L'EUCOLOGE ROMAIN

De celles qui se chantent communément en France,
Et de celles du propre de Beauvais,

PAR L'ABBÉ HARRISSART,

CURÉ DE COUDUN

NOUVELLE ÉDITION

COMPIÈGNE

IMPRIMERIE DU *Progrès de l'Oise,* V. GAY ET A. DESAINT,
rue des Petites-Écuries, 17.

1880

TRADUCTION FRANÇAISE

Strophe pour Strophe,
Vers pour Vers et Syllabe pour Syllabe,

DES

HYMNES & PROSES

DE L'EUCOLOGE ROMAIN

De celles qui se chantent communément en France,
Et de celles du propre de Beauvais,

PAR L'ABBÉ HARRISSART,

CURÉ DE COUDUN

———

REPRODUCTION INTERDITE

———

COMPIÈGNE

IMPRIMERIE DU *Progrès de l'Oise*, V. GAY ET A. DESAINT,
rue des Petites-Écuries, 17.

——

1880

PRÉFACE

Ces poésies liturgiques, traduites du latin strophe pour strophe, vers pour vers, et syllabe pour syllabe, ont passé dans notre langue sans sortir de leurs formes natives. Elles s'adapteraient même au chant du latin si l'inconvénient de nos muettes finales et de l'accent tonique n'y faisait obstacle.

La traduction a un double but. Le premier est d'arriver, en donnant l'exemple, à obtenir, pour les hymnes de l'église, un hommage tant de fois rendu à la poésie profane. Sans doute, on avait depuis longtemps travaillé dans ce dessein ; le génie même du grand Corneille avait assuré aux poésies du bréviaire romain les honneurs dont il s'agit ; mais c'était sans idée pratique : les longueurs de ses alexandrins, comparés aux petits vers qu'il interprétait, prenaient l'apparence de commentaires dont les fidèles en leurs livres ne pouvaient tenir compte.

Certains peuples de nos jours ont mieux compris cette tâche.

L'Angleterre et l'Allemagne catholique, en particulier, ont soin de donner, dans leurs livres de piété, en regard des hymnes et des proses latines, une traduction aussi fidèle que possible en vers de même coupe et de même mesure. Voilà précisément ce qu'il faut. Pourquoi la France ne ferait-elle pas de même ? Pourquoi en cet endroit encore resterait-elle en retard sur ses voisins ? Et, certes, la démangeaison d'écrire n'est pourtant pas ce qui lui manque à notre époque.

Le second objet de ce travail est de venir en aide à la piété chrétienne. Le peuple a-t-il une idée de ce qu'il y a de beau, d'instructif et de touchant dans les chants rhythmés de l'église ? Non. Une prose flasque, languissante et pâle ne peut rien lui apprendre à cet égard. Cette prose fatigue et n'éclaire pas, refroidit et n'anime pas, se traîne et n'enlève pas. Elle se perd à travers les mots, à la recherche des menus détails d'un sens dont elle néglige nécessairement la forme et la beauté. L'âme reste insensible aux accents d'un discours négligé et naturellement pauvre à côté du rhythme poétique.

Ce n'est pas à dire assurément que le poète seul ait le secret d'instruire, de toucher et de plaire. L'orateur produit tous ces effets par son éloquence ; mais c'est à des conditions que la poésie lui refuse. Il lui faut un champ vaste et libre pour étaler ses ressources, développer sa stratégie et conquérir les âmes. Que ferait-il dans l'espace étroit et compassé des strophes où le poëte trouve le trait qui perce, l'harmonie qui enchante, la rime qui frappe la mémoire, la splendeur qui éclaire l'esprit et les tendresses qui ravissent le cœur ? Oui : c'est un contre-sens de donner à la prose le rôle de la poésie. N'objectez pas que cette dernière ne convient qu'aux intelligences cultivées. L'histoire vous la montrerait partout, aux temps de l'enfance des peuples, priant dans les temples, guerroyant dans les combats, chantant dans les fêtes publiques et dominant les masses en ces âges primitifs plus que toutes les sciences politiques aux époques civilisées.

La justification de ces essais poétiques veut qu'il soit dit un mot de leurs difficultés.

On connaît le plan d'exécution : respecter le caractère du lyrisme sacré, maintenir son rhythme, faire que la popularité attachée aux chants de l'église les retrouve encore les mêmes dans une autre langue, et, en conséquence, fondre toutes ces petites pièces de poésie dans un moule identique à celui de leurs formes premières : tel était le programme. C'était hardi, c'était téméraire. La prose elle-même n'aurait pas voulu de ces conditions. La raison en est simple. Outre les exigences d'une langue qui sacrifie tout à la clarté, et force souvent à des répétitions ou des explications additionnelles par horreur du vague et de l'équivoque, l'attirail encombrant des articles et des particules, autour de nos substantifs et de nos verbes, donne à nos phrases une étendue que le latin n'a pas. Or, loin d'échapper à ces inévitables longueurs, la poésie française les triple et les quadruple. Qu'est-ce donc en définitive que ces deux obligations adoptées en principe et en opposition l'une à l'autre, celle d'être bref et celle de versifier ? L'expérience seule pourrait s'en rendre bien compte ; c'est une quasi impossibilité. Ce sont, pour ainsi dire, deux écueils commandant une passe infranchissable, Charybde et Sylla de la légende antique. Que de tentatives tour à tour conçues et abandonnées avant de trouver la voie sûre entre ces deux ennemis ! Que de fois, en se réduisant aux proportions voulues, la phrase allait échouer contre les difficultés de la rime, et que de fois ces difficultés vaincues devenaient inutiles en tombant dans des longueurs interdites.

C'était peu toutefois de lutter contre ces deux obstacles, un troisième demeurait en réserve et devait bientôt venir s'y ajouter. Une vingtaine d'hymnes en vers de onze syllabes, vers inadmissibles en français, devaient être construits en vers de cinq et de six mètres, pour conserver la même coupe et la même mesure que le latin. Mais avec une telle combinaison, un vers de onze syllabes, divisé en deux, demandait deux rimes, et dès-lors les entraves de la versification devenaient plus étroites et redoublaient. Fatalité désespérante ! Un ami connaisseur l'avait bien pressentie. Consulté sur le projet de ce travail, il avait répondu avec autant de concision que de justesse : C'est absurde. Hélas ! son avis ne devait pas prévaloir. Une indomptable opiniâtreté avait déjà donné tête baissée dans cette entreprise, avec cette devise imitée de Tertullien : *Aggrediar quia absurdum.* Plus tard, les heures de luttes et d'agonie revenaient à la charge pour arrêter cet acharnement; mais la promesse de Virgile au travail opiniâtre rappelait le cœur à la besogne, et la passion comme la mort, dans Bossuet, criait toujours : marche, marche, résolue d'achever.

Dans l'hypothèse où quelque mérite apparaîtrait en cette traduction, une part appartiendrait de droit, il faut le dire, aux amis qui l'ont examinée. Censeurs sévères et judicieux, ils ont tout traduit au tribunal de leur critique et formulé les condamnations jugées par eux nécessaires. Les exécutions aussi scrupuleusement faites qu'humblement consenties, ils le savent, ont suivi sans retard le prononcé des sentences. L'auteur qui, devant ces hécatombes, fit faire alors ses petites tendresses, remercie aujourd'hui ces impitoyables amis dans les sentiments d'une joyeuse et profonde reconnaissance.

Faudrait-il cependant conclure de ce désarmement absolu devant la critique que toutes les observations indistinctement ait prévalu dans cet opuscule ?

Un terrain qui devait être bien défendu et sur lequel il n'était pas permis de céder était celui de certaines appréciations sur les poésies de saint Thomas. Placées par leur mérite infiniment au-dessus des autres compositions liturgiques du même genre, elles n'avaient pas manqué de captiver l'attention. Aussi, comme il importe de les juger sainement ; comme il n'est même plus permis de méconnaître en quoi que ce soit la valeur transcendante d'un auteur que l'Eglise vient de remettre en honneur dans les écoles, le lecteur voudra bien permettre ici quelques considérations sur les petits chefs-d'œuvre de notre saint composés pour la liturgie romaine.

Saint-Thomas est-il poëte? Dans le sens ordinaire du mot, non. Il n'a jamais eu l'imagination, le feu, l'enthousiasme poétique. Qui donc aurait la naïveté de se représenter l'enfant de Saint-Dominique sous les traits de ce génie fougueux comparable, dit-on, au torrent des montagnes, ou

> Tel que d'Apollon, ce ministre terrible,
> Impatient du joug dont le souffle invincible
> Agite tous les sens,
> Le regard furieux, la tête échevelée?

Oh ! non, mille fois non, Saint-Thomas n'a rien de ce caractère de poëte. C'est un grand Saint et un grand théologien, voilà tout. Ces deux qualités seules distinguent ses poésies comme ses autres ouvrages : seules elles en font le mérite et seront l'admiration de tous les siècles ! Qu'est-ce que le *Lauda Sion*, par exemple, sinon une véritable page de théologie ? Page triomphante sans doute, désespoir des hérésies et bonheur de la foi catholique, mais page dépourvue des pompes du langage et des parures de l'expression. Là, le dogme eucharistique, dégagé des nuages de la controverse contemporaine, s'élève victorieux dans cette adorable sérénité que lui prête une explication fidèle et lumineuse. Mais, qu'on ne l'oublie pas, la grandeur qu'il déploie ici, c'est sa propre grandeur, ce n'est pas celle des mots. Le style de cette prose est grave comme la majesté de Dieu, simple et précis comme notre foi, clair et même technique comme les définitions de la doctrine. C'est tout ce qu'il doit être au point de vue des convenances.

Voyez donc l'auteur de l'office du Saint-Sacrement se préparant au pied du crucifix à satisfaire les vœux d'Urbain IV. Trouvez-vous en lui la moindre agitation de ce souffle qu'on appelait autrefois la muse ? Le pieux moine aperçoit la vérité dans les profondeurs de sa méditation comme on verrait le fond d'un beau lac à travers le cristal de ses eaux limpides. Son esprit est dans le calme, ses sens et ses affections dans le silence du recueillement. Il semble que ce voyant, penché sur le grand mystère qu'il contemple, ose à peine respirer de peur de troubler la clarté de sa vision. Les transports, le travail et les préoccupations poétiques ne donnent donc point là signe de vie. L'idée naît sans effort et tout armée dans ce cerveau. Elle est tellement grande et puissante, quand elle en sort, que le style semble s'effacer devant elle : On dirait de ces statues antiques dont les formes exquises et pures, accentuées fortement sous une draperie légère, captivent seules le regard du spectateur et ne lui laissent presque pas d'attention pour ce qui les habille ou les accompagne.

Saint-Thomas est appelé l'ange de l'école, et c'est avec raison. Le vrai et le beau se révèle à lui comme il se révèle à l'ange. Le spectacle du ciel est devenu familier à cet enfant de la terre. C'est un grand génie, dites-vous ; vous vous trompez, c'est plus qu'un génie : l'esprit chez lui prend des proportions surhumaines. On voudrait pour le *Lauda Sion* les distinctions familières à la poésie : un ton sublime, une allure altière, un style riche, brillant et relevé. Eh ! pourquoi donc décidément, lorsque Saint-Thomas n'a rien de ces qualités éclatantes ? Santeul qui les avait toutes à un si haut degré s'en montrait bien moins en peine. Loin de les réclamer avec instance, il les aurait données volontiers avec l'ensemble de toutes ses hymnes pour cette seule strophe du Verbum supernum :

> *Se nascens dedit socium,*
> *Convescens in edulium ;*
> *Se moriens in pretium,*
> *Se regnans dat in præmium.*

Et qu'est-ce qui l'émerveillait dans ces vers ? était-ce la forme extérieure ? non, c'était le fond substantiel des idées, la richesse du dogme, la tendresse et les grâces de la piété. Voilà le beau de toutes les compositions lyriques de l'office du Saint-Sacrement. De la grandeur, de l'élévation, de la majesté, elles n'en manquent pas, certes, mais rien ne paraît dans l'expression, tout est dans la pensée.

En voilà assez pour prévenir bien des erreurs dans l'appréciation des poésies de Saint-Thomas. Une traduction de ces compositions n'a pas à se préoccuper de l'élévation de son style. Qu'elle se contente d'être fidèle. La pensée, par là même, y apparaîtra grande et noble. Quant à l'expression, elle sera toujours conforme à celle de l'auteur, dès qu'elle sera claire et précise, dès qu'elle s'en tiendra partout à la simplicité.

ROME

→•←

AUX HEURES

→►□►◄←

Prime.

Jam lucis orto sidere.

Le soleil se lève et s'avance ;
Sois-moi propice, ô Dieu d'amour,
Du mal annule l'influence
Sur ma conduite de ce jour.

Retiens ma langue intempérante
Loin des entretiens querelleurs ;
Détourne ma vue imprudente
Des aspects vains et séducteurs.

Préserve aussi ma conscience
Des taches de l'iniquité ;
De ma chair dompte l'insolence
Dans le jeûne et l'austérité.

Et quand le jour dans l'ombre noire
Aura plongé ses derniers feux,
La nuit, nous chanterons ta gloire
Loin d'un monde tumultueux.

Louange au Père, au Fils unique,
Gloire égale à l'Esprit divin ;
Gloire ! et qu'un solennel cantique
Fête Dieu partout et sans fin !

Tierce.

Nunc, Sancte Nobis Spiritus.

En ce moment. Esprit de flamme,
Lien du père et de son fils,
Daigne descendre dans mon âme
Du haut des célestes parvis.

Ah ! que tout en nous te bénisse,
Souffle, esprit, voix âme et vigueur ;
Que l'hymne d'amour retentisse.
Que tes feux enflamment mon cœur !

Exauce-nous, céleste Père,
Exauce-nous, Fils généreux,
Esprit, guide nous sur la terre,
Et sur nous règne dans les cieux.

Sexte.

Rector potens, verax Deus.

Dieu, puissant gouverneur du monde,
Qui donne au soleil sa splendeur,
Au matin sa clarté féconde,
Au midi sa brûlante ardeur.

Eteins la haine et la querelle,
Dompte la révolte des sens ;
Donne à l'âme une paix nouvelle,
Au corps la santé que j'attends.
Exauce-nous, etc.

None.

Rerum, Deus, tenax vigor.

O source des forces actives,
Eternelle et sans changements,
Qui par des phases successives
Du soleil distingue les temps ;

Que ma vie, au soir qui s'incline,
Se change en un jour sans déclin ;
Et qu'en moi ta gloire divine
Couronne une divine fin.
Exauce-nous, etc.

Vêpres.

Lucis Creator optime.

Dieu, créateur de la lumière
Qui donne aux objets leurs couleurs,
Qu'avant les mondes la première
Tu fis si belle de splendeurs !

Du matin au soir je l'admire,
Et le jour triomphe à mes yeux ;

Mais la nuit reprend son empire :
Entends mes pleurs, entends mes vœux.

Seigneur, que le crime perfide
Ne m'accable point de ses fers ;
Qu'une indifférence stupide
Ne m'entraine pas aux enfers.

Non, non : Ciel, je frappe à ta porte,
Le mal ne m'approchera pas ;
Couronne, il faut que je t'emporte :
J'expierai mes torts ici-bas.
Exauce-nous, etc.

Complies.

Te lucis ante terminum.

De plus en plus le jour s'incline,
Je t'en prie, ô mon créateur,
Au nom de ta bonté divine,
Sois mon gardien, mon protecteur.

Loin de moi chasse les vains songes
Et le fantôme qui séduit,
Mes ennemis et leurs mensonges
Souillent nos sens pendant la nuit.

Exauce-nous, céleste Père,
Exauce-nous, Fils généreux,
Esprit, guide-nous sur la terre,
Et sur nous règne dans les cieux.

PROPRE DU TEMPS

Avent.

Creator alme siderum.

Créateur des célestes sphères,
Eternel flambeau de ma foi,
Dieu, reçois mes humbles prières,
Divin Sauveur, exauce-moi.

De l'enfer l'horrible malice
Perdait le monde sans retour ;
Tu fus le remède propice
Et nous guéris par ton amour.

Oui ; jaloux d'expier nos crimes,
Du sein virginal autrefois
Tu vins, innocente victime,
Expirer pour nous sur la croix.

Et cependant, Dieu tout aimable,
C'est toi dont le nom glorieux,
Toi dont la présence adorable,
Fait trembler l'enfer et les cieux.

Nous t'en prions, toi qui présides
Aux assises du dernier jour,
Contre nos ennemis perfides
Arme-nous de ton saint amour.

Respect, honneur, louange, hommages,
Au Père, au Fils, au Saint-Esprit;
Oui ; louez Dieu dans tous les âges,
Cœurs où son nom demeure inscrit.

Noël.

Jesu redemptor.

Dieu conçu dès avant l'aurore,
Jésus, Sauveur du genre humain,

Fils d'un Père que l'on adore
Et qui t'engendre dans son sein;

Splendeur du ciel et sa lumière,
Espoir du monde, amour de tous,
Ecoute notre humble prière ;
Nous nous jetons à tes genoux.

Souviens-toi, mon souverain Maître,
Qu'en la Vierge prenant un corps,
Un jour pour moi tu voulus naître
Et que tu fus mon Frère alors.

Car, aujourd'hui, c'est la mémoire
Du temps où pour nous il te plut
De quitter le sein de la gloire,
Et d'opérer notre salut.

Partout le Ciel, la terre et l'onde,
Dans de saints et joyeux transports,
Exaltent le Sauveur du monde
Et lui consacrent leurs accords.

Donc, en ce jour de ta naissance,
Nous, pécheurs lavés dans ton sang,
Chantons, chantons la sainte Enfance
Qui parmi nous vient prendre rang.

O Fils d'une vierge divine,
O Père, ô doux Esprit d'amour,
A vos pieds le monde s'incline,
Gloire à vous, gloire sans retour!

Noël.

Adeste, fideles.

Passons à Béthléem où naît le doux Sauveur ;
   Peuple fidèle, apprête tes louanges :
      Voici ton Seigneur,
      Voici le roi des anges.
    Venez, chrétiens, en ce lieu
    Venez, venez adorer l'Enfant-Dieu.

L'ange a parlé : soudain, laissant là son troupeau,
D'aller à Dieu l'humble berger s'empresse.
      Et nous au berceau
      Volons pleins d'allégresse.
    Venez, chrétiens, en ce lieu, etc., etc.

C'est la splendeur de Dieu, mais la chair l'obscurcit ;
   Je la vois là, dans un enfant débile.
      O Dieu tout petit !
      Quels langes ! Quel asile !
    Venez, chrétiens, en ce lieu, etc., etc.

De tes baisers pieux réchauffe un Dieu d'amour,
Pauvre pour toi, grelottant sur la dure.....
      — Qu'il m'aime !!!.... A mon tour.
      Je l'aime, je le jure.
    Venez, chrétiens, en ce lieu,
    Venez, venez adorer l'Enfant-Dieu.

Noël.

A solis ortûs cardine.

Chantons, du couchant à l'aurore,
Le roi de la terre et des cieux,
L'enfant dont la Vierge s'honore
Et qui descend en ces bas lieux.

Il revêt notre humble nature
Et par elle il vient nous sauver ;
Loin de perdre sa créature,
A l'enfer il veut l'enlever.

La grâce dans la Vierge mère
Abonde avec l'amour divin ;
Marie adore le mystère
Qu'ignore et renferme son sein.

Comme en un temple, Dieu pénètre
Et repose en son chaste cœur ;
Du monde elle conçoit le maître
Et rien n'altère sa pudeur.

La Vierge enfante toujours pure
Celui que prédit Gabriel,
Que Jean lui-même heureux augure
Nous annonçait avant Noël.

Il te faut le lait d'une mère,
Dieu sur la paille et sans berceau,
Toi qui nourris tout sur la terre,
Jusqu'au moindre petit oiseau.

Le Ciel célèbre les louanges
De cet Enfant-Dieu son Seigneur,
Et les pasteurs avec les anges
Adorent en lui le Sauveur.

Noël.

(En France) Volis pater.

A nos vœux se rend le Père,
Le juste descend des cieux,
L'enfant d'une Vierge mère
Pour nous vient naître en ces lieux,
Et Dieu se fait notre Frère.

Cieux, entonnez vos louanges,
Berger, quitte ton troupeau,
Viens contempler dans les langes
Avec nous au saint berceau
L'admirable roi des anges.

Splendeur que l'esprit adore,
Dieu de Dieu, mon doux Sauveur,
L'éternel avant l'aurore
T'engendre au fond de son cœur,
Le monde à genoux t'implore.

Quoi ! du ciel qui te révère
(Grand Dieu quel excès d'amour!)
Tomber, venir te complaire
Au dénûment de ce jour,
Et relever ma misère.

Oui ; mon offense est remise,

L'innocent vient l'expier ;
Sous les lois que je méprise
Leur auteur va se plier :
Dieu ! ta justice est exquise !

Pour le toit de l'indigence
Dieu quitte son beau palais ;
Il donne aux rois leur puissance
Et vit au rang des sujets !
Grandeur, tu n'es que démence !

Le doux Jésus s'assimile
A mon être corporel,
Fragile, à l'être fragile,
Mortel, à l'être mortel,
Pour gagner l'âme indocile.

Sans droit sur lui, les souffrances
Le font gémir sous leurs coups;
Juste, il porte nos offenses
Entre le bon Maître et nous :
C'est l'unique différence.

Père, ce Fils qui vient naître
Pour le salut des pécheurs,
Et dont la grâce doit être
La maîtresse de nos cœurs,
Grand Dieu, fais le bien connaître.

Esprit, mon cœur te réclame ;
Je ne veux être que feu,
Je ne veux être que flamme
Pour aimer notre enfant-Dieu :
Ah viens ! embrase mon âme !

Saints Innocents.

Salvete, flores.

Salut à vous en cette fête,
Beaux petits martyrs au berceau,
Vous, fleurs, jouets de la tempête
Que faucha la main du bourreau.

Avec la palme et la couronne,
Doux enfants, jouez à plaisir,
Jouez sans cesse au pied du trône
Du Dieu pour qui l'on doit mourir.

O Fils d'une Vierge divine,
O Père, ô doux Esprit d'amour,
A vos pieds le monde s'incline,
Gloire à vous, gloire sans retour!

Épiphanie.

Crudelis Herodes.

Va, de tes couronnes mortelles
Dieu n'a que faire, infâme roi ;
Il nous en donne d'éternelles,
Il ne veut pas se prendre à toi.

Les Mages vont à la lumière
En suivant l'astre directeur,
Par leurs présents, par leur prière
Ils reconnaissent le Sauveur.

Dans l'eau du Jourdain tu t'avances,
Doux agneau, gage de la paix ;
Tu viens laver là des offenses
Dont tu ne fus souillé jamais.

Ta voix commande à la nature :
A Cana l'urne du festin,
Pleine à ton gré d'une onde pure,
Epanchait un généreux vin.

Gloire à Jésus, mon tendre frère,
Qui se manifeste aux gentils ;
Salut, gloire au céleste Père,
Honneur à l'Esprit comme au Fils!

Épiphanie.

Ad Jesum accurrite.

Accourons tous au Sauveur

Et soumettons notre cœur
Au nouveau roi de la terre.

L'astre au dehors me conduit,
Au dedans la foi m'instruit ;
Tout me mène à Dieu mon frère.

Portons lui d'un pas joyeux
Nos dons les plus précieux,
Surtout nos cœurs qu'il réclame.

En nous que peut-il chérir,
Et que pourrions-nous offrir
Sans les présents de notre âme ?

L'or pur, c'est la charité,
La myrrhe, l'austérité,
Et l'encens, c'est la prière.

Or, tu le proclames roi ;
Encens, Dieu de notre foi;
Myrrhe, humble enfant de la terre.

Juif, si l'enfant au berceau
Appelle un peuple nouveau,
Tais-toi, n'en prends pas ombrage.

Ce n'est qu'après les pasteurs
Que les mages voyageurs
A Jésus vont rendre hommage.

Comme siens, ce divin Fils
Appelle Juifs et Gentils
Près de sa crèche innocente.

Bethléem a dans son sein
Reçu le germe divin
De notre Eglise naissante.

Règne en nos cœurs, ô Jésus,
Et tiens les pécheurs vaincus
Rangés sous ta main puissante.

Passion.

Vexilla regis.

L'étendard royal se déploie :
Voici le drame des douleurs,
Où de la mort devient la proie
Le Dieu qui sauve les pécheurs.

Au flanc de Jésus, la blessure
Qu'ouvre la lance du bourreau,
Du péché lave la souillure
Dans un grand flot de sang et d'eau.

Il est accompli cet oracle
Du prophète révélateur,
Quand il annonce qu'un miracle
Par le bois rendra Dieu vainqueur.

Arbre éclatant et tutélaire,
Orné de la pourpre du Roi,
Digne entre tous ceux de la terre
De porter le Dieu de ma foi!

J'aperçois le Sauveur du monde
A tes bras pendant attaché,
Pèse-le : son sang qui t'inonde
Dit ce que coûte le péché.

Salut, ô Croix, mon espérance,
Au temps d'épreuve et d'abandon!
Du juste augmente l'innocence,
Du pécheur obtiens le pardon.

Trinité, je chante ta gloire,
Deviens mon salut dès ce jour ;
La croix me donne la victoire,
Ouvre-moi l'éternel séjour.

Stabat mater.

Debout elle était, pauvre mère,
Près de son fils sur le Calvaire,
Pauvre mère, elle pleurait !

Son âme était triste et souffrante,
Et sa poitrine sanglottante ;
Car le glaive y pénétrait.

O tristesse, ô douleur amère,
N'avoir qu'un fils, être sa mère,
Et lui dire un tel adieu !

Le cœur lui saigne et se déchire,
A l'aspect du cruel martyre
De son enfant l'Homme-Dieu.

Qui donc ne verserait des larmes
Devant tant de maux et d'alarmes
Fondant sur la Vierge en pleurs?

Et qui n'aurait l'âme attendrie
De voir le Sauveur et Marie
Mêlant ainsi leurs douleurs ?

Pour nos péchés, pour nos injures,
Elle aperçoit dans les tortures
Son cher fils criblé de coups.

Hélas ! le fruit de sa tendresse
Meurt délaissé dans sa détresse,
Et Dieu rend l'âme pour nous.

O mère, ô source de clémence,
Perce-moi d'un trait de souffrance :
Avec toi je veux pleurer.

Pour ton fils embrase mon âme,
Qu'elle ne soit qu'amour et flamme
Pour lui plaire et l'adorer.

Et sur mon âme, mère sainte,
Frappe fort, frappes-y l'empreinte
De Jésus mort sous tes yeux.

Que je partage ses blessures
Et ses coups et ses meurtrissures;
Que tout soit entre nous deux !

Avec toi, Mère, que je pleure,
Avec lui que je souffre et meure ;
Qu'il ait mon dernier soupir !

A tes larmes, sur le calvaire,
Unir mes larmes, tendre mère,
Est mon plus ardent désir.

Vierge, des vierges la plus belle!
Tu ne veux pas m'être cruelle,
Joins mon deuil à ta douleur.

De Jésus grave les souffrances,
La mort, les angoisses, les transes
Et la mémoire en mon cœur.

Que son sang, ses tourments oppressent,
Que sa croix, ses blessures blessent
Tout ce que je sens d'amour.

O Vierge, sois notre refuge
Contre l'enfer, et notre juge
Aux assises du grand jour.

Quand il faudra quitter la terre,
O Jésus commande à ta mère
De nous emmener au Ciel.

Et quand le corps sera sans vie,
Inonde l'âme en la patrie
De ton bonheur éternel.

Carême.

Audi, benigne Conditor.

Dans ce temps de saintes alarmes
Et de jeûne réparateur,
Ecoute la voix de nos larmes,
Doux Jésus, notre créateur.

Scrutateur de ma conscience,
Tu connais mon infirmité ;
Vers toi je reviens, je m'élance,
Fais-moi grâce dans ta bonté.

J'ai bien péché, je le concède,
J'en fais l'aveu, je m'en repens ;
Tu vois le mal, sois le remède,
Pardonne aux pauvres pénitents.

Que ma chair se fasse victime
Dans l'abstinence et la douleur ;
Que mon cœur à jeûn de tout crime
Se donne à toi, divin Sauveur.

O bienheureuse Providence,
Trinité, toi qui nous conduis,
Fais que ce temps de pénitence
Me ranime et porte ses fruits.

Rameaux.

Gloria, laus.

Honneur et gloire, ô majesté divine,
Jésus, qui nous rachetas,
Et qu'une foule enfantine
Couvrit de ses hosannas.

Fils de roi, Roi toi-même,
David est l'un de tes aïeux ;
Gloire au Maître suprême,
Béni soit le roi des cieux.

Au Ciel le chœur des anges,
Ici-bas le pauvre mortel
Célèbrent tes louanges ;
Tout ici chante l'Eternel.

Les Juifs sur ton passage
Sèment la verdure et les fleurs ;
Jésus, reçois l'hommage
De nos chants et de nos cœurs.

Toi qu'un cri de victoire
Acclame avant la passion,
Dieu, reçois dans la gloire
Notre sainte ovation.

Les Juifs ont su te plaire,
Accueille-nous, divin Sauveur,
A qui fut toujours chère
L'innocence et la ferveur.

Vendredi-Saint.

Pange, lingua.

Mon âme, célèbre la gloire
Et le drame de la croix,
Exalte cet insigne bois,
Emblème de la victoire ;
Sur lui notre rédempteur
Meurt glorieux et vainqueur.

Dieu qui plaignait le premier homme,
Sa faute et son triste sort,
Nous sachant voués à la mort
Par la trop funeste pomme,
Dit au bois : Venge le malheur
Dont l'enfer te fit l'auteur.

Ah ! ce plan de salut fut sage !
L'art d'un traître insidieux
Cède à cet art prodigieux
Qui du mal détruit l'ouvrage ;
Aux sources de l'iniquité
Le remède est emprunté.

Donc lorsque vient la plénitude
Du temps fixé par le Ciel,
Le Verbe, fils de l'Eternel,
A notre rachat prélude,
S'incarne en un sein virginal,
Naît et se fait notre égal,

A la crèche, le roi des anges
Pousse des vagissements ;
Et, comme premiers vêtements,
La Vierge lui met des langes :
Ses pieds et ses petites mains
Sont serrés dans ces liens.

Six lustres passés sur sa tête
Ont parfait ce corps divin ;
Il touche à sa sublime fin,
Déja la victime est prête,
Jésus vient de son propre choix
S'immoler sur une croix.

Les clous, la lance, la couronne
Percent son être mortel,
Sa bouche s'abreuve de fiel,
Son sang mêlé d'eau bouillonne,
Lave et rend pur cet univers,
Le Ciel, la terre et les mers.

Assouplis ta roideur native,
Arbre saint. fléchis tes bras,
Détends ces membres délicats
Du roi que la race Juive
Poursuit de ses noires fureurs ;
O bois, suspends ses douleurs !

Seul. tu mérites l'avantage
D'offrir la rançon de tous,
Et d'ouvrir à chacun de nous
Un port contre le naufrage,
Arbre tout empourpé du sang
Que sur toi l'Agneau répand.

Gloire au Père, au Fils et louanges
A l'Esprit de sainteté ;
Gloire à la sainte Trinité
Qu'au Ciel adorent les anges ;
Chantons sans fin dans nos concerts
Le Maître de l'univers.

Pâques.

Victimæ paschali.

Chantons la paschale victime,
Chantons l'innocent agneau ;
Il s'immole pour le crime,
Rachète tout le troupeau,
Nous sauve de l'abime et du tombeau.

Quel duel ! la Vie assaille
La mort! lui livre bataille !..
— La vie a le dessus —
Règne, ô Jésus !

— En chemin, je t'en prie,
Dis-nous qu'as-tu vu, Marie ?

— J'ai vu le tombeau déserté,
Et dans la gloire un Dieu ressuscité,

Et puis, témoins étranges,
Auprès du linceul des anges.

I! revit Jésus, mon époux !
En Galilée il sera devant vous.

Christ, en vainqueur tu ressuscites ;
Au nom de tes mérites,
Grâce et pitié pour nos âmes contrites!
Amen. Alleluia.

Pâques.

(En France) *O filii.*

O fils et filles du Seigneur,
Chantez votre roi, le Sauveur,
De la mort aujourd'hui vainqueur.
Alleluia.

Le jour qui se levait à peine,
Au tombeau surprend Madeleine,
Avec les deux sœurs qu'elle amène.
Alleluia.

Là bientôt, par elle informés
Les deux disciples bien-aimés
Courent d'un grand zèle animés.
Alleluia.

Mais une course plus légère
Que l'amour du Maître accélère,
Fait arriver Jean avant Pierre.
Alleluia.

Un ange éclatant de blancheur
Dit aux femmes : plus de douleur !
Il est vivant votre Sauveur.
Alleluia.

Les onze à table allaient se mettre,
Au milieu d'eux Jésus pénètre :
Paix à vos cœurs! dit le bon maître.
Alleluia.

Thomas, lorsqu'il est rapporté
Que Jésus est ressuscité,
Met en doute la vérité.
Alleluia.

Des coups Thomas connais les traces
Vois les pieds les mains; vois les places;
Vois le cœur, vois; crois et rends grâce.
Alleluia.

Thomas, dès qu'il a vu les trous,
Marques de la lance et des clous,
Devant Jésus tombe à genoux.
Alleluia.

Heureuse l'âme humble et fidèle
Dont la foi jamais ne chancelle !
Elle aura la vie éternelle.
Alleluia.

Dans cette fête de bonheur,
Laissons déborder notre cœur,
Chantons, bénissons le Seigneur
Alleluia.

Pleins d'une humble reconnaissance,
De foi, d'amour et d'espérance,
Rendons grâce au Dieu de clémence.
Alleluia.

Temps Pascal.

Ad regias agni dapes.

L'onde a lavé nos fronts, mon âme,
Viens recevoir l'agneau divin :
Ta robe est blanche; approche, acclame
Jésus, ton Dieu, ton souverain.

Le vois-tu prodiguant son être,
Son corps et son sang à l'autel ?
C'est un holocauste, et le prêtre
Est l'amour de ce Roi du ciel.

Ce sang dont nos portes sont teintes
Désarme l'ange et dit : Assez.
La mer étouffe en ses étreintes
Les ennemis sur nous lancés.

Jésus, ma pâque et ma victime,
Gage de paix et de bonheur,
Deviens pour moi ce pain azime,
Pureté de mon faible cœur.

Dieu de bonté, divine hostie,
Qui tiens sous le joug les enfers,
Ton amour nous rend à la vie
Et de la mort brise les fers.

Enchaîne à ton char de victoire
Le roi tremblant des sombres bords,
Et viens du ciel et de la gloire
Nous prodiguer tous les trésors.

Jaloux dans la vie éternelle
D'être encor ma Pâque, ô Sauveur,
Du crime et de sa mort cruelle
A jamais préserve mon cœur.

Gloire au Père auteur de mon âme,
Et gloire au Fils ressuscité,
Gloire, gloire à l'Esprit de flamme
Pendant toute l'Eternité.

Ascension.

(En France) *Solemnis hæc festivitas.*

Chrétiens triomphants et joyeux,
Venez célébrer cette fête
Où la félicité des cieux
S'offre à vous comme une conquête.

Le Christ par son retour au ciel
De la mort brise la puissance;
A la droite de l'Eternel
Il prépare ma récompense.

Plusieurs jours et diverses fois
Il apparaît à ses fidèles,
Et reprend de sa douce voix
Leurs âmes dures et rebelles.

Il leur ordonne d'annoncer
En tout lieu la sainte doctrine,
Et dans leurs cœurs songe à verser
Les dons d'une force divine.

Tandis qu'ils regardent aux cieux
Jésus retournant dans la gloire,
Un brillant nuage à leurs yeux
Ravit ce Dieu de la victoire.

Comme un libérateur, Jésus
Dans le fond des limbes pénètre,
Puis remontant vers les élus
Va régner en souverain maître.

Les fils de la captivité
Triomphent au pied de son trône;
Les morts ont l'immortalité,
Les vaincus portent la couronne.

Sur un nuage il reviendra
Vers nous armé de sa vengeance;
Méchants, ce Dieu vous punira ;
Bons, vous aurez sa récompense.

Toujours sous les yeux de son Père,
Ses blessures parlent pour nous ;
Quand sur nous gronde le tonnerre,
Jésus nous défend de ses coups.

Chrétiens, ne quittez pas des yeux
Le bonheur que Dieu vous apprête ;
Il faut que les membres aux cieux
S'unissent tous avec la tête.

Je reste ici, pauvre orphelin ;
Dieu, couvre moi de ta tendresse,
Donne-moi cet esprit divin
Qui fut l'objet de ta promesse.

Fais reluire la vérité
Dans les profondeurs de nos âmes,
Et que toujours ta charité
Embrase nos cœurs de ses flammes.

Ascension.

Salutis humanæ Sator.

O Jésus, ivresse de l'âme,
Mon Dieu, mon roi, mon rédempteur,
Douce lumière et sainte flamme
Qui réchauffe et guide mon cœur ;

Jusqu'où te poussa la clémence ?
Quoi du pécheur subir le sort !
Mourir en croix dans l'innocence,
Pour nous arracher à la mort !

Déjà l'enfer lâche sa proie,
Les captifs sortent glorieux,
Le vainqueur les mène à la joie
Près de son Père dans les cieux.

Daigne aussi, dans ton indulgence,
Guérissant mes maux, ô Sauveur,
Me réjouir de ta présence
Au sein de l'éternel bonheur.

Conduis à la vie éternelle
Ceux qui t'ont consacré leurs cœurs ;
Là haut, la récompense est belle,
Deviens leur joie après les pleurs.

Pentecôte.

Veni, Sancte Spiritus.

Viens à nous, Esprit d'amour,
Lance du divin séjour
Un rayon de ta lumière.

Viens, père des malheureux,
Source de dons précieux,
De l'âme astre tutélaire.

Consolateur souverain,
Doux hôte du cœur humain,
Douce paix dans nos alarmes.

Repos dans les longs labeurs,
Frais zéphir dans les chaleurs,
Joie et bonheur dans les larmes !

O bienheureuse clarté,
Remplis mon être agité
De ton calme salutaire.

Quand il n'a point ton secours,
L'homme pèche tous les jours ;
Le mal à son gré prospère.

Attendris fonds les cœurs durs ;
Les cœurs souillés, rends-les purs ;
Des blessés sauve la vie.

Fléchis, détends ma raideur
Et réchauffe ma froideur ;
Conduis-moi, si je dévie.

Offre tes dons précieux
A ces fidèles pieux
Pour toi pleins de confiance.

Après une sainte mort
Conduis-les toi-même au port,
Et sois-là leur récompense.

Pentecôte.

Veni, Creator.

Viens des cieux, Esprit créateur,
Et descends au fond de nos âmes ;
C'est toi qui façonnas mon cœur ;
Remplis-le de tes chastes flammes.

Toi qu'on nomme le Paraclet,
Don du Très-Haut, source de vie,
Onction sainte, amour parfait,
Douceur que le ciel nous envie.

Auteur des sept dons, doigt de Dieu,
Objet des promesses du Père,
C'est avec tes langues de feu
Que la foi parle et qu'elle opère.

Inonde-nous de tes clartés,
De tes grâces, de tes tendresses,
Protège nos infirmités.
Donne ta force à nos faiblesses.

Chasse loin de nous l'ennemi,
Sois la paix de l'âme fidèle,
Sous ta conduite raffermi
Jamais un chrétien ne chancelle.

Fais régner le Père et le Fils
Dans notre faible intelligence ;
Et toi qui tous deux les unis,
Sois le Dieu de notre croyance.

Au Père, au Fils, au Dieu d'amour
Salut, respect, honneur, hommages ;
Gloire à Dieu, gloire sans retour,
Dans tous les lieux, dans tous les âges.

Pentecôte.

Jam Christus astra ascenderat.

Le Christ remonté vers son père
Le priait de hâter le jour
Où les disciples sur la terre
Recevraient son esprit d'amour.

C'était la fête solennelle,
Où, sept fois sept ans écoulés,
La loi du Seigneur nous appelle
Aux grands bienfaits des jubilés.

Vers dix heures la foudre gronde
Sur les apôtres au saint lieu ;
Elle éclate et prévient le monde
De la présence de son Dieu.

Un rayon part du sein du Père ;
Un feu d'une insigne splendeur
Du Christ porte en eux la lumière,
L'esprit, la parole et l'ardeur.

Ils parlent différents langages,
Du Saint-Esprit leur cœur est plein ;
Et tous, pour en donner des gages,
Prêchent le mystère divin.

O merveille ! toutes les langues
Se font entendre dans leur voix ;
La foule a compris leurs harangues,
Grec, latin, barbare à la fois.

Le juif, en sa scélératesse,
Incrédule et plein de noirceur,
Seul frémit et taxe d'ivresse
Les sobres enfants du Seigneur.

Mais Pierre, attestant le prophète,
Démasque leur perversité,
Et par des miracles complète
La honte de l'impiété.

Au Père, au Fils, à l'Esprit gloire ;
Mais de Jésus ne cessons pas
De chanter l'insigne victoire
Qu'il remporte sur le trépas.

Pentecôte.

Beata nobis gaudia.

Fête d'un cœur pieux et tendre,

Salut ! te voici de retour.
Voici le jour qui vit descendre
Sur les Douze le Dieu d'amour.

Déjà sur leurs fronts ce Dieu lance
Les traits de ses célestes feux ;
Il allume son éloquence
Et son amour en chacun d'eux.

Ciel ! ils parlent toutes les langues
Et la foule est dans la stupeur ;
Certains n'ont vu dans leurs harangues,
Que l'ivresse au lieu du Seigneur.

Ce prodige insigne et mystique
Eclate après le temps paschal,
Au retour de la fête antique
Où revient le pardon légal.

Grand Dieu, le front dans la poussière,
Humblement nous te demandons
De verser en nous ta lumière
Et l'abondance de tes dons.

Déjà tes saintes prévenances
Nous avaient comblés de bienfaits ;
Oublie aujourd'hui nos offenses
Et du cœur donne-nous la paix.

Au Père, au Fils, à l'Esprit gloire ;
Mais de Jésus ne cessons pas
De chanter la noble victoire
Qu'il remporte sur le trépas.

Trinité.

Jam Sol recedit igneus.

Le jour s'éteint sur notre terre,
O bienheureuse Trinité,
Unité, constante lumière,
Remplis mon cœur de charité.

Toi qui dès l'aube as mes louanges,

Toi que je chante encor le soir,
Daigne m'admettre avec les anges
Pour te bénir et pour te voir.

O Père, accueille mon hommage,
Reçois-le, cher Fils, notre amour,
Esprit, sois loué d'âge en âge,
Gloire à Dieu, gloire sans retour.

Saint-Sacrement.

Lauda, Sion.

Sion, célèbre ton sauveur,
Ton souverain et ton pasteur,
Dans tes hymnes solennelles.

Sans te lasser chante Jésus ;
Chante, chante : il est au-dessus
Des louanges les plus belles.

L'objet de nos chants en ce jour
Est le mystère de l'amour,
L'adorable Eucharistie.

Aux douze à la Cène autrefois,
Fut donné la première fois
Ce pain source de la vie.

Partez, doux et joyeux concerts,
Portez au bout de l'univers
L'éclat de notre allégresse.

Fêtons en ce jour solennel
Ce grand festin que l'Eternel
Etablit dans sa tendresse.

A la Cène du nouveau roi,
Pâque de la nouvelle loi,
Cède la Pâque mystique.

L'ombre fuit la réalité,
Le jour chasse l'obscurité
Et Jésus, le Culte antique.

Ce que Dieu fit dans ce banquet
Sur son ordre doit être fait
Pour conserver sa mémoire.

Le prêtre, à cet ordre divin,
Consacre le pain et le vin ;
C'est l'hostie expiatoire,

Mais, ô prodige ravissant !
Le pain est chair, le vin est sang :
Nous dit une voix divine.

Je ne sens rien, je ne vois rien,
Mais la foi seule, mon soutien,
Me confirme la doctrine.

Deux signes sans réalité,
Du bonheur de l'Eternité
Cachent l'adorable gage.

Dieu reste entier sous chacun d'eux ;
Sa chair est un mets précieux,
Et son sang un doux breuvage.

On s'en nourrit sans l'amoindrir,
Sans rien changer, sans rien ravir
A sa divine personne.

Entier pour mille, entier pour un,
Entier pour tous et pour chacun,
Il conserve ce qu'il donne.

Vienne un juste, vienne un Judas,
Dieu descend en eux, mais hélas !
L'effet dans les deux varie.

Quelle différence en leur sort !
Le méchant y trouve la mort,
Le juste y reçoit la vie.

Romps l'espèce indéfiniment :
Non moins qu'elle, chaque fragment
De Jésus dans le Sacrement
Conservera la présence.

L'être n'est point endommagé,
Le signe seul est partagé ;
Mais rien n'est soustrait ni changé
A l'état de la substance.

Pain du ciel, source de ferveur,
Subsistance du voyageur,
Pain des vrais enfants du Seigneur,
Fuis l'impur et le profane.

Sainte victime que je vois
Dans l'humble Isaac sur le bois,
Dans l'Agneau pascal d'autrefois,
Dans la merveilleuse manne.

Pitié pour nous, ô bon Pasteur !
Pitié pour le pauvre pécheur !
Sois mon guide, mon protecteur,
Ma récompense et mon bonheur
Aux demeures éternelles.

Toute puissance, mon soutien,
Ma nourriture, mon vrai bien,
Ici, fais-moi parfait chrétien,
Et là-haut, le concitoyen
De ceux qui meurent fidèles.

Saint-Sacrement.

Pange, lingua.

Célébrons un Dieu glorieux,
Célébrons le saint mystère
Du corps et du sang précieux
Offert pour nous sur la terre ;
C'est le fruit du sein généreux
De la plus auguste mère.

Présent du ciel au genre humain,
Ce fils d'une vierge pure
Parle, agit, sème son bon grain,
Prêche, instruit sa créature,
Et par une étonnante fin
Confond toute la nature.

O vous, qu'auprès de lui je vois
Manger la Pâque suprême
Avec un grand respect des lois,
Admirez comme il vous aime :
Quoi ! pour aliment cette fois
Dieu vous sert son être même !

Oui, le pain d'un mot est son corps,
Le vin, son sang adorable ;
N'interrogeons pas les dehors,
L'apparence périssable :
Jésus parle, et la foi dès lors
Se déclare inébranlable.

Adorons ce grand Sacrement,
Le front courbé contre terre,
Arrière, antique testament !
La loi nouvelle m'éclaire ;
Auprès de son enseignement,
Mes sens n'ont plus qu'à se taire.

Au Père, au Fils, être divin,
Louange, salut, hommage ;
A tous les deux gloire sans fin,
Joie et bonheur pour partage ;
A l'Esprit vivant dans leur sein
Honneur, amour d'âge en âge !

Verbum supernum.

Le verbe fait chair ici-bas,
Sans quitter la droite du Père,
Laisse, la veille du trépas,
Un grand souvenir à la terre.

Avant qu'un des siens froidement
Lui prépare une mort infâme,
Jésus, sous forme d'aliment,
Donne aux siens le salut de l'âme.

Par sa chair et son sang divin
Devenu double nourriture,
Il veut soutenir l'être humain
Et nourrir sa double nature.

Il est notre frère au berceau,
A l'autel, notre pain de vie,
Notre rançon dans le tombeau,
Notre gloire dans la patrie.

Par toi le ciel s'ouvre toujours,
Hostie auguste et salutaire ;
Défends-moi, viens à mon secours ;
Les ennemis me font la guerre.

Gloire pendant l'éternité,
A toi, Dieu seul en trois personnes,
Donne nous l'immortalité,
Mets sur nos têtes tes couronnes.

Adoro te devote.

Je t'adore humblement,
Déité latente,
Qui dans ce sacrement
Demeures présente ;
Plein d'un respect profond
Je tremble en ce temple,
Et mon cœur se confond
Quand il te contemple.

Aspect, toucher trompeur,
Vains dehors, silence !
Tu parles, mon Sauveur,
Voilà l'évidence !
Je te crois sans douter,
Parole suprême :
Tu ne fais qu'attester
La vérité même.

Tu cachais à la croix
Ta divine essence,
Tu caches cette fois
L'humaine apparence ;
Mais j'aperçois les deux
Dans ma foi sincère,
Et du larron pieux
Te fais la prière.

Sans voir comme Thomas
Trace de blessure,
Oh ! je n'hésite pas,
C'est toi, je le jure ;
Mais, ô Dieu, mon Sauveur,
Grandis ma croyance ;
Allume dans mon cœur
L'amour, l'espérance.

O du Sauveur mourant
Glorieux emblème !
Pain qui me fais vivant,
Pain vivant toi-même,
Deviens seul à jamais
Ma vie et ma flamme ;
Donne l'amour, la paix,
La joie à mon âme.

O tendre Pélican,
Dieu, je t'en conjure,
Viens laver dans ton sang
Ma pauvre âme impure ;
Une goutte, c'est trop
Pour sauver des mondes :
Tu blanchirais d'un mot
Tous les cœurs immondes.

Jésus, que j'aperçois
Sous la sainte espèce,
Calme donc une fois
L'ardeur qui me presse :
Je voudrais de mes yeux
Te voir sans nuage,
Et contempler aux cieux
Ton brillant visage.

Sacris solemniis.

Que cette fête éclate en un joyeux transport !
Loin de moi le vieil homme, et toi, sainte harmonie,
Renouvelle en moi tout, et que tout soit d'accord :
  L'esprit, le chant, l'âme et la vie.

C'est la veille du jour où, cloué sur la croix,
Jésus verse son sang. Le soir, avec ses frères
Il célèbre la Pâque une dernière fois,
  Selon la loi de leurs vieux pères.

Après l'agneau mangé dans un repas pieux,
Le Seigneur de ses mains leur offre sa personne ;
Il est là tout à tous, et tout à chacun d'eux :
  Jésus sans partage se donne.

Il leur donne son corps, soutien réparateur,
Son sang qui de la croix présage le supplice ;
Oh ! prenez, leur dit-il, ce vin consolateur,
  Buvez, buvez à ce calice.

Te voilà donc fondé, sacrifice divin,
Que, seul admis de Dieu, le prêtre renouvelle,
Qu'il consomme lui-même, et que, seule, sa main
  A droit de donner au fidèle !

O pain de l'ange, pain d'un être humble et mortel,
Avec toi désormais il n'est plus de figure ;
Ciel ! un pauvre, un esclave, au festin de l'autel,
    Fait du Seigneur sa nourriture !

Aime-nous, ô mon Dieu, comme nous t'adorons ;
Viens, écoute nos vœux, Dieu seul en trois personnes ;
Conduis-nous à ce port auquel nous aspirons,
    Au séjour où tu nous couronnes.

Æterne Rex altissime.

Grand Dieu que l'univers adore,
Toi qui rachetas le pécheur,
Et que la mort vaincue honore
De la couronne du vainqueur ;

Qu'il est beau, ton corps qui s'élance
Ainsi qu'un aigle vers les cieux !
Serait-il mû par sa puissance ?
Non, c'est par toi, Roi glorieux.

Je vois l'enfer, les cieux, la terre
Marcher sous ta divine loi ;
Tout l'univers qui te révère
Fléchir le genou devant toi.

Ils admirent l'ordre qui change
Mon malheureux sort à leurs yeux :
La chair me perd, retour étrange,
La chair me sauve et règne aux cieux.

Du monde où s'étend ta puissance
Fais-moi braver les vains appas ;
Sois dans les Cieux ma récompense
Et mon bonheur dès ici-bas.

Seigneur, efface, je t'en prie,
Les crimes de l'humanité ;
Fais-nous regagner la patrie
Sous l'aile de la charité.

Et quand, porté sur un nuage,
Tu viendras pour le jugement,

Rends-moi mon antique héritage,
Ne parle plus de châtiment.

O Dieu, je chante ta victoire,
Ton retour au ciel glorieux ;
Gloire au Père, au Saint-Esprit gloire
Dans tous les temps, dans tous les lieux.

Sacré-Cœur.

(En France) *Venite, cuncti.*

Venez, Chrétiens, accourez tous,
Le cœur de Jésus vous réclame :
En sa bonté confiez-vous,
Il n'est qu'amour, il n'est que flamme.

Le fer d'un soldat furieux
Ouvre cette fournaise ardente,
Et la grâce en torrents de feux
S'en échappe resplendissante.

O généreux et tendre cœur,
Dont l'amour pour l'homme est extrême,
Doux confident de la douleur,
Du monde espérance suprême.

O gloire de la Trinité,
O bonheur éternel du Père,
Du Fils immense Charité,
Centre où l'esprit d'amour opère !

Asile assuré du pécheur,
Port ouvert contre le naufrage,

Doux aliment de notre cœur,
Et ferme abri contre l'orage !

Là, le soldat ne tremble plus,
Lorsque la guerre éclate et tonne ;
La paix, compagne des vertus,
Préside là sur son vrai trône.

Là, la fleur du lys à plaisir
Epand ses couleurs d'innocence ;
La belle rose du martyr
Etale sa magnificence.

Là se règlent les intérêts,
Les grands destins de notre monde,
Et la grâce avec ses bienfaits
Forme un torrent qui nous inonde.

O sanctuaire vénéré,
Innocente et tendre victime,
Nouveau calvaire, autel sacré
Où Dieu vient expier mon crime !

O cœur aimant de mon Jésus,
Remplis mon cœur de tes tendresses ;
Amour éternel des élus,
Verse-moi tes saintes ivresses !

Sainte-Trinité.

(En France) *Os superbum.*

Orgueilleuse raison, tais-toi,
Et laisse obéir notre foi :
Le Maître a parlé lui-même.

Il n'est qu'un seul être divin
Et trois personnes dans son sein
Que je proclame et que j'aime.

C'est l'Esprit pur, incorporel,
Le Dieu suprême, l'Eternel,
Heureux, immuable, immense.

Infini dans tout ce qu'il est,
Vivant dans tout ce qu'il a fait,
Confondant notre science.

Confessons donc trois personnes, un Dieu
Indivisible et présent en tout lieu :
Père, Fils, Esprit de flamme.

Oui ce mystère où les trois ne font qu'un,
Cette substance unique pour chacun,
Je la vénère et l'acclame.

Voilà la Trinité,
Et par son nom suprême,
L'antique iniquité,
Anathème hérité,
Disparaît au baptême.

La foi doit recevoir,
Sans douter, ce mystère ;
Dieu, remplis mon espoir
Au ciel, et fais-toi voir
A moi dans ta lumière.

O mon amour, je veux
T'adorer, te connaître ;
Comble mes vœux,
Et de tes feux
Embrase tout mon être.

Trois sans confusion
Mais unité réelle :
C'est, ô Sion,
De l'Union
Le plus parfait modèle.

O Trinité, c'est le vœu de ta loi,
Fais de nos cœurs un seul tout comme-toi
Vivant de ton essence.

Sois de ton peuple et de son unité,
Ici le nœud, et dans l'Eternité
La récompense.

PROPRE DES SAINTS

Saint nom de Jésus.

Jesu dulcis memoria.

Jésus, ton amour en mon cœur,
Est une source de bonheur;
Mais ta présence, ô mon Sauveur,
Du miel surpasse la douceur.

Rien à chanter n'est admirable,
Rien à percevoir, agréable,
Rien à penser, incomparable
Comme ton nom, Maître adorable.

Jésus, espoir des malheureux,
Ami du cœur humble et pieux,
Te rechercher, c'est être heureux,
Mais te trouver, c'est être aux cieux.

Ni la langue ne saurait dire,
Ni la plume jamais écrire,
L'expérience seule admire
Jésus, l'amour de ton empire.

Jésus ! sois mon plus doux plaisir,
Sois ma couronne à conquérir,
La gloire dont je dois jouir
Dans tous les siècles à venir !

Jésus est un vainqueur aimable,
Un Roi tout-puissant adorable;
Sa douceur est inénarrable;
Hors Jésus, rien n'est désirable.

Quand tu viens dans un cœur pieux,
Tu le consumes de tes feux;
Les faux biens lui sont odieux;
La vérité luit à ses yeux.

Délices dont l'âme est ravie,
Flambeau divin, source de vie,
Bien suprême et joie infinie,
Jésus sois ma plus chère envie.

Reconnaissez votre Sauveur,
Soyez pour lui pleins de ferveur;
Cherchez-le tous avec ardeur
Qu'il soit le roi de votre cœur.

Que Jésus règne en mon langage;
Que ma vie en trace l'image;
Que dès ce jour et d'âge en âge,
Son amour soit mon doux partage.

En cet amour, quelle faveur !
Quelle allégresse et quel bonheur !
Il a cent fois plus de douceur
Que ne le sent encore mon cœur.

Jésus du Ciel est la merveille;
C'est un chant suave à l'oreille,
Au goût, c'est le miel de l'abeille,
Douceur à nulle autre pareille.

Savoure ce merveilleux pain ;
Bois à longs traits, bois de ce vin...
C'est mon Jésus!...Donnez sans fin;
J'ai toujours soif et toujours faim,

Enfant de la plus sainte femme,
Espoir et désir qui m'enflamme,
La voix de mes pleurs te réclame;
Entends-tu les cris de mon âme?

O Jésus, demeure en nos cœurs;
Eclaire-les de tes splendeurs;

De la nuit chasse les horreurs
Et comble-nous de tes faveurs.

Jésus, fleur d'une Vierge-mère,
Douceur à mon âme si chère,
Sois loué, béni sur la terre,
Et règne au Ciel, Dieu débonnaire.

Chaire de Saint Pierre. — 18 Janvier.

et 22 Février.

Quodcumque in orbe nexibus.

Pierre lie ou délie, ordonne sur la terre,
Dieu suivant ses arrêts lie ou délie aux cieux :
Et du haut de son trône un jour nous verrons Pierre
Juger les nations tremblantes sous ses yeux :
Où trouver ici-bas puissance plus entière ?

Au père aimé des saints salut, honneur et gloire,
Gloire égale à son Fils, notre aimable sauveur :
Gloire à l'Esprit divin, qu'il emporte victoire
En disputant mon âme à l'enfer en fureur ;
Que Dieu vive à jamais au fond de ma mémoire.

25 Janvier. — Conversion de Saint Paul.

Egregie doctor, Paule.

Mortelle comme nous, la foi reste dans l'ombre ;
Seule, la Charité brille au ciel de ses feux :
Obtiens-la nous, grand Saint, et des beautés sans nombre
Près de toi dans la Gloire éblouiront nos yeux.

A toi, Trinité sainte, honneur, amour, louanges ;
Que Dieu règne partout, obéi, respecté,
Qu'on l'adore ici-bas comme au ciel font les anges ;
Qu'il soit notre bonheur durant l'éternité.

19 Mars. — Saint Joseph.

Te Joseph celebrent.

Chante l'heureux Joseph, immortelle Patrie,
Célèbre sa mémoire, ô grand peuple chrétien ;
Il dut à ses vertus de vivre avec Marie
    Uni par un chaste lien.

Quand Jésus dilatait l'heureux sein de sa mère,
Et qu'un doute inquiet s'emparait de ton cœur,
Un ange t'exposa l'adorable mystère
    Conçu pour sauver le pécheur.

Jésus naît, tu le prends, sur ton cœur il se presse,
Quand bientôt en Egypte, hélas ! il faut s'enfuir ;
Tu le perds dans le temple ; on cherche..... ta tendresse
    Le trouve pour le mieux chérir.

Si le juste paré de sa belle couronne
Voit et tient son Jésus, ce n'est qu'après la mort :
A toi dès ici-bas le sauveur s'abandonne :
    Quel privilège dans ton sort !

Trinité souveraine, éternelle, être unique,
Par l'appui de Joseph accepte-nous aux cieux ;
Puissé-je te chanter un éternel cantique
    Avec les saints tes bienheureux !

18 Mai.

Saint Venant.

Martyr Dei Venantius.

Le jeune Venant fait la gloire
Et l'orgueil de Camerino ;
Au ciel il chante sa victoire
Sur son juge et sur son bourreau.

Après le cachot et la chaîne,
Il est, au sortir des tourments,
Comme un repas de chair humaine
Offert aux lions dévorants.

Mais désarmés par l'innocence,
Les monstres, oubliant leur faim,
Regardent l'enfant en silence,
Lèchent ses pieds, baisent sa main.

Pendu le corps à la renverse,
Venant, sur un brasier fumeux,
Meurt suffoqué ; le feu traverse
Et brûle ses flancs douloureux.

Gloire, honneur et louange au Père,
A son Fils, à l'Esprit d'amour ;
Venant, fais-moi par ta prière
Obtenir l'éternel séjour.

9 Juin.
Sainte Julienne.

Cœlestis agni nuptias.

Oui, pour les noces éternelles,
Fuis l'asile où fut ton berceau ;
Mène un chœur de vierges fidèles,
Julienne, au divin agneau.

De la croix l'auguste victime
Reçoit tes larmes nuit et jour ;
Sur toi son image s'imprime
En traits de souffrance et d'amour.

Ton cœur est percé de sept glaives,
Comme la Mère de douleur ;
Il pleure, il souffre, il n'a de trèves
Que dans ses élans de ferveur.

Aux approches de l'agonie,
Du prêtre abandonnant la main
Dans ton cœur pénètre l'Hostie,
Laissant sa marque sur ton sein.

Au Père, au Fils honneur, hommage ;
Gloire à l'Esprit de vérité ;
Trinité, règne d'âge en âge,
Triomphe dans l'éternité.

24 Juin.
Saint Jean-Baptiste.

Ut queant laxis.

Je dis tes exploits ;
Jean, ranime en sa fibre

Ma tremblante voix,
Et pour toi qu'elle vibre ;
Du péché hideux,
De ses liens affreux
Viens la rendre libre.

L'ange du Seigneur
Descendu sur la terre,
Prédit ta grandeur,
Ton nom, ta vie austère,
Et trace le cours
De tes glorieux jours
Aux yeux de ton père.

Le vieillard doutait
Des arrêts de l'oracle ;
Il revient muet
De ce divin spectacle :
Tu nais, tu le vois
Et tu lui rends la voix,
Enfant du miracle.

Au sein maternel
Doucement tu sommeilles ;
Mais vient l'Eternel,
Et joyeux tu t'éveilles ;
Tes parents dès lors
Partageant tes transports
Chantent tes merveilles.

Père, dont le Fils
Est la splendeur suprême,
Dieu, je te bénis ;
Verbe éternel, je t'aime ;
Et Toi, dont les feux
Les unissent tous deux,
Sois loué de même.

29 Juin. — Saint Pierre, Saint Paul.

Decora lux.

Des rayons de lumière échappés à la gloire
Ont embelli ce jour, trois, quatre fois heureux,

Où Pierre et Paul ensemble ont gagné leur victoire,
Nous frayant un passage au beau palais des Cieux.

O conquérants de Rome, ô suprêmes arbitres,
Toi, docteur des gentils, et toi, portier du Ciel,
Par le glaive et la croix vous consacrez vos titres
Au sénat des élus auprès de l'Eternel.

O Rome, ô mon amour, ville majestueuse,
Ces deux princes t'ont fait la reine des cités ;
Ta gloire est dans leur sang, pourpre prodigieuse
Qui de tout l'univers éclipse les beautés.

A toi, Trinité sainte, honneur, amour, louanges,
Que Dieu règne partout, obéi, respecté,
Qu'on l'adore ici-bas comme au ciel font les anges ;
Qu'il soit notre bonheur pendant l'éternité.

Saint Pierre, Saint Paul.

(En France) *Te laudamus.*

Sois loué, Pasteur des pasteurs,
Roi des rois, Seigneur des Seigneurs,
Dans ces deux saints nos grands maîtres.

Merci, mon Dieu ! c'est grâce à toi
Que, dans l'Eglise, notre foi
Compte de pareils ancêtres.

Ils sont les bases de Sion,
Ses piliers, sa protection,
Ses tours et sa forteresse.

Des douze ils sont les chefs fameux,
Du ciel les flambeaux lumineux,
Les hérauts de la sagesse.

Tous deux ont dompté l'univers,
Et les ténèbres des enfers
Ont fui leur vive lumière.

A Pierre échut la primauté,
Paul exerça l'autorité
D'un oracle sur la terre.

L'un eut les clés et leur pouvoir ;
Au Ciel ravi l'autre alla voir,
D'inénarrables mystères.

Leur doctrine, leur dogme sûr
Nous nourrit du lait le plus pur
Comme le sein de nos mères.

Cœur des pays latins,
Rome du paganisme,
Avec eux tu devins
Cœur du catholicisme.

Magnanimes héros,
Sous vos coups les dieux croulent ;
Fleuves,. vos belles eaux
Sur nos plaines s'écoulent.

La mer t'assaille en son courroux ;
Mais que crains-tu, barque de Pierre ?

Rien ne t'ébranle ; Ah sauve-nous,
Sois notre arche salutaire !

Au juste, Pierre ouvre les cieux,
Sa clé les ferme à l'âme indigne :
Nul n'entre au rang des bienheureux,
Que Pierre ne le désigne.

Quels prix le cours de leurs exploits,
Quel triomphe obtient leur supplice !
Paul sous le glaive et Pierre en croix
Consomment leur sacrifice.

Mais la couronne de lauriers,
Mais la gloire les divinise :

Brillez au Ciel, vaillants guerriers,
Double phare de l'Eglise.

Pierre, centre de l'unité,
Paul, rayon des saintes lumières
Où resplendit la vérité,
Sur nous gardez autorité
Et régnez du haut des sphères.

O vous, nos pères dans la foi,
Nos précepteurs et nos modèles,
Martyrs de la plus sainte loi,
Obtenez-nous du divin Roi
Des couronnes immortelles.

Précieux sang.

Festivis resonent compita vocibus.

Que la joie et l'amour dans tous les yeux rayonnent
Que l'Univers partout entonne un chant divin,
Et qu'enfants et vieillards sur deux files s'ordonnent
    Avec des flambeaux à la main.

Nous honorons le sang que de mille blessures
Le Sauveur répandit sur l'arbre de douleurs ;
S'il nous le prodigua sans plaintes ni murmures,
    Du moins demande-t-il des pleurs.

Le vieil Adam nous plonge en un malheur extrême;
Le crime nous flétrit et nous perd sans retour ;
Le nouvel Adam vient : c'est l'innocence même
    Qui nous sauve à force d'amour.

Un cri part vers le Ciel ; écoute, écoute, ô Père,
Ah ! c'est la voix du sang d'un Fils qui meurt pour nous
Il faut céder aux cris d'une telle prière,
    Père, désarme ton courroux.

Lavons-nous dans ce sang : nos âmes empourprées
Porteront sur le front la beauté des élus ;
De la robe sans tache elles iront parées
    Réjouir le cœur de Jésus.

Justes, Dieu vous appelle aux combats, à la gloire ;
Il marche à votre tête, il affermit vos pas ;
Luttez, souffrez, mourez ; le prix de la victoire
    Vous attend après le trépas.

Père, sois-nous propice, entends notre prière ;
Au nom du Fils par qui le monde est racheté,
Au nom du Saint-Esprit, lui qui nous régénère,
    Donne-nous l'immortalité.

22 Juillet.
Sainte-Madeleine.

Pater superni.

Quand ton regard perce son âme,
Dieu de lumière, mon Sauveur,
Pour toi Madeleine s'enflamme ;
Tu fonds la glace de son cœur.

Elle met à tes pieds ses larmes,
Ses parfums, ses baisers pieux ;
Sainte effusion de ses charmes
Qu'elle essuiera de ses cheveux.

Intrépide elle est au calvaire,
Elle est inquiète au tombeau ;
Elle y brave les gens de guerre :
L'amour craint Dieu, non le bourreau

O Charité divine, efface
Ma déplorable iniquité ;
Remplis-moi de ta sainte grâce,
Donne-moi l'immortalité.

Salut, gloire au céleste Père,
Gloire au Fils, à l'Esprit d'amour,
Gloire au Seigneur en qui j'espère,
Gloire partout et sans retour.

Saint Pierre-ès-liens. — 1er Août.

Miris modis repente liber.

Un miracle du Christ, Pierre, a rompu tes chaînes,
Retourne à ton troupeau, dirige-le joyeux
Aux plaines de la vie, aux célestes fontaines ;
    Défends-le des loups furieux.

Au Père dans les cieux amour, honneur, louanges ;
Louange à toi de même, ô Fils, ô doux Sauveur,
Amour à l'Esprit-Saint, et qu'au milieu des anges
    Dieu règne et fasse mon bonheur.

6 Août.

Transfiguration.

Quicumque Christum quœritis.

Cherche le Christ, âme fidèle,
Au firmament lève les yeux :
L'éclat de la gloire éternelle
Va t'apparaître dans les cieux.

Vois-tu l'océan de lumière
Et ses interminables flots ?
Vois-tu cette grandeur altière
Plus ancienne que le chaos ?

Eh bien ! c'est le maître du monde,
Le roi du peuple d'Israël,
Promis à la race féconde
D'Abraham ami de l'Eternel.

C'est le Dieu décrit aux prophètes,
Et dont la voix du Ciel jadis
Disait, éclatant sur nos têtes :
Obéissez-lui, c'est mon fils.

A toi, Jésus, honneur, hommage,
Dieu qui te montres aux petits,
Au Père, à l'Esprit d'âge en âge;
Louange aux célestes parvis.

Notre-Dame des sept Douleurs.

O quot undis lacrymarum.

Mère, en ton âme que d'alarmes
Et dans tes yeux que de larmes,
Quel coup navrant quand tu reçois
Dans tes bras, sur ta poitrine,
Ce fils qui retombe et s'incline,
Détaché mort de la croix,

Son sein et ses lèvres sacrées,
Ses flancs, ses mains déchirées,
Et ses pieds percés, ô douleurs !
Ses sanglantes meurtrissures,
Sa chair en lambeaux, ses blessures,
Tu les inondes de pleurs.

Oh ! comme elle regarde et presse
Dans l'excès de sa tendresse,
Ce corps outragé tant de fois !
Comme ses baisers de mère
Epanchent leur douleur amère
Sur le martyr de la croix !

Vierge, par tes peines immenses,
Par ton fils et ses souffrances,
A genoux nous t'en conjurons,
Grave en notre âme attendrie
Ton deuil, ta croix, ton agonie,
Avec toi nous pleurerons.

Au Père qui créa nos âmes,
Au Fils, à l'Esprit des flammes,
A la divine Trinité,
Salut, joie, honneur, hommage,
Ici-bas durant tous les âges
Et dans la Sainte Cité.

29 Septembre.

Saint-Michel.

Te virtus et splendor Patris

O Verbe, accueille nos louanges,
Dieu, notre vie et notre amour,
Splendeur du Père et roi des anges
Qui forment ta céleste cour.

Des mille et mille chœurs en fête
Les chefs sont là sous ton regard ;
Mais c'est Michel qui marche en tête
De la croix portant l'étendard.

Au sein des flammes éternelles
C'est lui qui plonge le dragon,
Avec ses escadrons rebelles
Foudroyés tous, et sans pardon.

De l'orgueil renversons le trône,
Par Michel combattons Satan ;

Dieu nous donnera la couronne
Qu'il nous mérite par son sang.

Au Père, au Fils, honneur, hommage,
Gloire à l'esprit de vérité ;
Trinité, règne d'âge en âge,
Triomphe dans l'éternité.

2 Octobre. — Anges gardiens.

Custodes hominum.

Louons l'Ange gardien, cet heureux compagnon
A qui Dieu confia nos natures fragiles ;
Déjouons avec lui les ruses du dragon,
Brisons ses puissances hostiles.

Furieux de sa chûte, acharné contre nous,
Satan veut nous plonger dans son gouffre de flammes ;
Privé de ses honneurs, et de l'homme jaloux,
Au Ciel il dispute nos âmes.

Viens donc à mon secours, vigilant protecteur ;
Un orage de maux sur ma tête s'amasse :
Détourne le saint Ange, et que rien ne menace
Mon innocence et mon bonheur.

Salut, louange à toi, divine Trinité,
Dont la puissante main tient les rênes du monde ;
Introduis-nous un jour dans la sainte Cité,
Toi sur qui notre espoir se fonde.

15 Octobre. Sainte Thérèse.

Regis superni nuntia.

Vas-tu prêcher à l'infidèle
Le Dieu de la nouvelle loi,
Quitter la maison paternelle
Et verser ton sang pour la foi ?

Ah ! Thérèse, ton corps expire
Plus doucement quand vient son jour ;

Oui ; tu péris par le martyre,
Mais c'est celui du saint amour.

Victime du zèle, ô grande âme,
Embrase nos malheureux cœurs ;
Dérobe à l'éternelle flamme
Ceux qui réclament tes faveurs.

Au Père, au Fils, honneur, hommage,
Gloire à l'Esprit de vérité ;
Que Dieu vive dans tous les âges
Et règne dans l'Eternité.

20 Octobre.

Saint Jean de Kenti.

Gentis Polonæ.

Du savoir et du sacerdoce
Saint Jean de Kenti fait l'honneur,
Du pays que son nom rehausse
Il est le père et le bonheur.

Sa bouche enseigne l'Evangile
Et sa conduite le traduit ;
Loin de moi science futile !
Dieu ! c'est ta loi qui nous instruit.

Aux tombeaux de nos saints apôtres
Il dirige ses pas pieux ;
Grand Saint, dirige aussi les nôtres
Au brillant royaume des cieux.

Il visite la Cité sainte
Où souffrit l'homme de douleurs,
De ses pieds il baise l'empreinte
Et les arrose de ses pleurs.

Dans nos cœurs grave la mémoire
De tes tourments, ô doux Jésus ;
Et guide-nous à cette gloire
Que ton sang mérite aux élus.

Que l'univers entier t'adore,
Ô redoutable Trinité,
Et que mon cantique t'honore
Pendant toute l'Eternité.

La Toussaint.

Placare, Christe, servulis.

A tes enfants, Seigneur, pardonne :
La Vierge intercède pour eux,
Devant ton père et près du trône
Où ta bonté reçoit nos vœux,

Et vous, bienheureuses phalanges,
Qui formez neuf glorieux chœurs,
Eloignez de nous, ô saints anges,
L'horrible vice et ses malheurs.

O saints apôtres, saints prophètes,
Opposez notre repentir
Aux coups dont menace nos têtes
Un bras levé pour nous punir.

Nobles martyrs, je vous en prie,
Rendez-moi ferme dans la foi ;
Saints confesseurs, dans la patrie
Après l'exil accueillez-moi.

Vierges saintes, pieux ermites,
Dans la gloire priez pour nous ;
Obtenez-nous par vos mérites
D'aller triompher avec vous.

De nous tous, loin des infidèles,
Dieu, forme au-delà du tombeau
Dans les demeures éternelles
Un seul pasteur, un seul troupeau.

Dans tous les temps, honneur et gloire
Au Père, au Fils, au Dieu d'amour ;
Que l'univers chante victoire :
Ils règnent au divin séjour.

Toussaint.

Sponsa Christi, quæ per orbem.

Auguste épouse de Jésus,
Sainte église militante,
Exalte en tes chants les Elus
Et leur gloire ravissante.

Cieux, unissez-nous en ce jour
A votre joie éternelle ;
Du bonheur et du saint Amour
Chantons l'hymne solennelle.

Les saints portant des lauriers d'or
Suivent Jésus et Marie,
Cette vierge plus pure encor,
Dès qu'un Dieu lui doit la vie.

Puis, les esprits supérieurs,
Les chœurs glorieux des anges,
De Dieu célèbrent les grandeurs
Par mille et mille louanges.

Là, Jean précurseur glorieux,
Patriarches et prophètes,
Se mêlent par des chants joyeux
A ces éternelles fêtes.

Les princes du Sénat du Ciel,
Beaux sur leurs sièges sublimes,
Sont là jugeant chaque mortel,
Pesant tout, vertus et crimes.

Les martyrs, généreux soldats,
Fiers sous leur pourpre immortelle,
Pour prix de leur sanglant trépas,
Goûtent la vie eternelle.

Le chœur sacré des confesseurs,
Les pontifes, les lévites,
Brillent, loin des mortels honneurs,
De l'éclat de leurs mérites.

Le lis et la rose à la main,
Les vierges toutes joyeuses
Célèbrent leur epoux divin,
Et ses noces glorieuses.

Et tous en chœur viennent chanter
Le Seigneur et sa puissance,
Et dans leur transports exalter
Sa sainteté, sa clémence.

Fortunés hab'tants des cieux,
Vous que Dieu comble de gloire,
Soyez propices à nos vœux ;
Guidez-nous à la victoire,

Puisez aux sources des faveurs,
Comblez nous-en sur la terre,
Et procurez-nous les douceurs
D'une paix sainte et prospère.

En vouant à Dieu sainteté,
Foi, respect, obéissance,
Comme vous dans l'Eternité
Nous obtiendrons récompense.

Jour des Morts.

Dies iræ.

Quel jour que ce jour où la foudre
Eclatera pour tout dissoudre
Et réduira le monde en poudre !

Quel spectacle ! quelles terreurs !!
Déja de ses yeux scrutateurs
Le Très-Haut va sonder les cœurs.

J'entends la trompette effrayante,
Morts, votre juge est en attente ;
Sors des tombeaux, cendre vivante.

Tous sont debout, la foule part ;
Raide, immobile, et l'air hagard,
La Mort les conduit du regard.

Un ange ouvre ce livre insigne
Où tout, inscrit ligne par ligne,
Comme prévenus nous désigne.

Le juge est sur son tribunal ;
Tout est à jour, le bien, le mal ;
Tout tremble et craint l'arrêt final.

Là, malheureux, quel parti prendre ?
Qui prier ? Quel salut attendre ?
Un saint pourrait-il s'y défendre ?

Redoutable Divinité,
C'est ton sang qui m'a racheté ;

Sauve-moi, source de bonté.

Ah ! souviens-toi, Dieu débonnaire,
Que pour moi tu vins sur la terre,
De moi détourne ta colère.

Pour moi tu tombas en chemin
Las, épuisé, mourant enfin ;
Que tant d'amour ne soit pas vain !

Juge du crime et de l'offense,
Accueille ici ma repentance
Avant le jour de ta vengeance.

Je gémis, indigne pécheur,
A mon front monte la rougeur,
Pitié, pitié pour moi, Seigneur !

Tu fus bon pour la pécheresse,
Un larron connut ta tendresse,
Même à moi ton cœur s'intéresse.

Je suis un infâme, un pervers ;

Oui ; mais tes bras me sont ouverts,
Ne nous livre pas aux enfers.

Mêle-nous aux brebis fidèles,
Loin des boucs hideux et rebelles,
A la droite où tu nous appelles.

Les maudits étant confondus,
Et dans les feux vengeurs perdus,
Mets-nous au nombre des élus.

A genoux, le front contre terre,
Doux Jésus, entends ma prière,
Prends soin de mon heure dernière.

Lamentable est ce triste jour
Où paraîtra devant ta cour

Le pécheur chargé de son crime ;
Seigneur, qu'il n'en soit pas victime !

Donne aux défunts, doux Sauveur,
Ton repos et ton bonheur.

COMMUN DES SAINTS

Saints Apôtres.

Exultet orbis gaudiis.

Terre, entonne des chants joyeux ;
Cieux, retentissez de louanges ;
Chrétiens, chantons avec les anges
Les apôtres victorieux.

Juges des peuples d'ici-bas,
Des nations sainte lumière,
Voici nos vœux, notre prière,
Grands Saints, ne les rejetez pas.

Maîtres de fermer ou d'ouvrir
Du Ciel les portes éternelles,
Ouvrez-nous ces prisons cruelles
Où le péché nous fait languir.

Vous, qui par le nom de Jésus
Bannissiez les maux de la terre,
Ayez pitié de ma misère
Et faites-moi croître en vertus.

Et quand le Juge redouté
Descendra vers la fin des âges,
Conduisez-nous vers les rivages
De l'heureuse immortalité.

Au Père, au Fils, au Dieu d'amour
Gloire à jamais, gloire et louanges !
Ici-bas comme avec les anges
Gloire à Dieu, gloire sans retour.

Saints Apôtres.
(Temps Pascal).

Tristes erant apostoli.

Les onze en étaient à gémir
Sur cette mort épouvantable
Qu'à leur Maître avait fait subir
Une impiété détestable.

Un ange, organe du Seigneur,
Avait prédit aux saintes femmes
Que Jésus lui-même au bonheur
Rappellerait bientôt les âmes.

Vers les apôtres anxieux
Soudain volaient nos messagères,
Quand en chemin, Dieu glorieux,
Tu les surprends et les éclaires.

Galilée, à l'ordre de Dieu,
Les onze ont gravi tes collines ;
Vois-tu Jésus combler leur vœu
Au sein de ses clartés divines ?

Pour être, ô Jésus mon Sauveur,
Ma pâque et ma joie éternelle,
Vis en moi, délivre mon cœur
Du crime et de sa mort cruelle.

Au Père, au Fils, au Dieu d'amour,
Gloire à jamais, gloire et louanges !
Ici-bas comme avec les anges
Gloire à Dieu, gloire sans retour.

Saints Martyrs.

Sanctorum meritis.

Chantons des saints martyrs les mérites brillants,
Leur joie et leur bonheur, leurs exploits héroïques ;
Oui ; vivez à jamais, race de conquérants,
    Dans nos joyeux et saints cantiques.

Monde infâme, ils étaient des monstres à tes yeux;
Va, vieux tronc desséché, fruit mort et fleur flétrie,
Leur dédain te conspue, et le maître des cieux,
    Jésus est leur gloire et leur vie.

Pour lui, tribunaux, coups, menaces et fureurs,
Ils ont tout méprisé, méprisé les tortures ;
Et les ongles de fer n'ont rien pu sur des cœurs
    A l'épreuve des déchirures.

Voyez-vous sous le glaive expirer ces agneaux ?
Nulle plainte, nul cri ne trahit leur souffrance ;
O beauté d'un cœur pur, en face des bourreaux
    Intrépide en son innocence !

Mais qui dira, mon Dieu, les dons multipliés
Dont tu combles là-haut ces fils de la victoire ?
Brille à leurs fronts sanglants, couronne de lauriers,
    Rayonne, auréole de gloire.

Nous t'en prions, Seigneur, accorde-nous la paix ;
Sauve-nous du péché, des grands maux qu'il entraîne,
Et nous te bénirons ici-bas à jamais,
    Suivant des ans la longue chaîne.

Saints Martyrs,
(Temps Paschal.)

Rex gloriose.

Joie et couronne que j'espère,
Dieu des martyrs, Roi glorieux,
Qui des contempteurs de la terre
Forme les conquérants des cieux.

Ecoute la voix qui t'implore,
Ne repousse pas le pécheur
Dont le pieux cantique honore
Des exploits chéris de ton cœur.

Seigneur, dompte notre faiblesse,
Toi qui vainquis dans les martyrs,

Accueille-nous dans ta tendresse.
Et pardonne à nos repentirs.

Au Père, au Fils, à l'Esprit gloire,
Gloire à Jésus ressuscité
Qui nous appelle à la victoire
Et règne dans l'éternité.

Un saint martyr.

Deus tuorum militum.

De tes saints brillante couronne
Et doux partage à conquérir,
Je chante un saint; mon Dieu pardonne,
Pardonne au chantre du martyr.

Plaisirs mondains, folles ivresses,
A ses yeux vous n'étiez que fiel ;
C'est en dédaignant vos caresses,
Qu'il fit la conquête du Ciel.

A l'épreuve de la souffrance
D'un martyre exterminateur,
Il mérita sa récompense
En répandant un sang vainqueur.

Au nom même du sacrifice
De ton martyre, ô Dieu clément,
Je t'en conjure, sois propice
Au pécheur humble et repentant.

Au Père, au Fils, honneur et gloire,
Gloire à l'Esprit de vérité
Qui nous conduit à la victoire
Et règne dans l'éternité.

Saint Confesseur.

Iste Confessor.

Heureux confesseur,
L'Eglise tout entière

Vient te rendre honneur
Et mon chant te revère ;
Triomphe en ce jour
Au céleste séjour,
Enfant de la terre,

Homme, aux yeux de tous,
Austère, évangélique,
Sobre, pieux, doux,
Humble, sage, pudique,
Et, sans t'alanguir,
Jusqu'au dernier soupir,
Toujours héroïque !

On vit maintes fois
L'affreuse maladie
S'enfuir à ta voix,
Et ta vertu bénie
Auprès des grabats
Remplacer le trépas
Par des flots de vie.

Aussi tous en chœur
Nous chantons ta victoire,
Pieux confesseur ;
Fidèle à ta mémoire,
Prête-nous secours,
Prie et plaide toujours
Pour nous dans la gloire.

Au Maître éternel
Salut, honneur, hommage ;
C'est lui qui du ciel
Gouverne d'âge en âge
Le grand Univers,
Et des êtres divers
Maintient l'assemblage.

Saintes Vierges.

Jesu, corona Virginum.

Fils d'une Vierge toujours pure,
Trésor des vierges, leur amour,

Ecoute-moi, je t'en conjure,
Ma voix les célèbre en ce jour.

Leur cœur, quand ta main couronne,
De ta gloire insigne est épris ;
Et leur cortège t'environne,
Quand tu viens au milieu des lis.

Elles vont semant des louanges
A la suite de leur époux,
Ravissant à l'envi des anges
Le Ciel par les chants les plus doux.

Jésus que nos soupirs implorent,
Garde l'innocence en sa fleur,
Et qu'à jamais nos sens ignorent
L'assaut du vice corrupteur.

Puissance, honneur, salut, victoire
Au Père, au Fils, au Saint-Esprit !
Oui ; louez Dieu dans tous les âges,
Cœurs où son nom demeure inscrit.

Saintes Femmes.

Fortem virili pectore.

Femme forte, femme de cœur,
Dont la sainteté fait la gloire,
Salut ! nous célébrons en chœur
Ton illustre et sainte mémoire.

La puissance du saint amour,
Et l'horreur d'un monde volage,
Surent au céleste séjour
Te frayer un heureux passage.

Le jeûne en toi domptant la chair,
L'oraison, la divine hostie,
De tes vœux comblant le plus cher,
Te donna l'éternelle vie.

Dieu des forts, Dieu des cœurs ardents,
Toi, des vertus l'honneur et l'âme,
Exauce nos vœux suppliants,

Au nom de cette noble femme.

Au Père, au Fils, au Dieu d'amour,
Rendons nos plus humbles hommages ;
Gloire à Dieu, gloire sans retour,
Dans tous les lieux, dans tous les âges.

Dédicace.

Cœlestis urbs Jerusalem.

Jérusalem, ô Cité sainte,
Noble et sublime est ta grandeur ;
Les bienheureux sont ton enceinte ;
Les anges, ta garde d'honneur :
Dans leur éclat ta gloire est peinte,
Séjour de paix et de bonheur.

Tendre épouse à son Dieu si chère,
Belle des grâces de Jésus,
Riche de la gloire du Père,
Reine, chef-d'œuvre de vertus,
Tes noces bien loin de la terre
Sont des fêtes pour les élus.

O temple aux portes radieuses,
Tes parvis sont toujours ouverts ;
Tu n'es que pierres précieuses,
Chez toi le Dieu de l'univers
Introduit ces âmes heureuses
Des tourments qu'elles ont soufferts

Voyez-vous la pierre vivante
Coupée et polie au marteau ?
C'est elle et sa taille savante
Qui fait l'édifice si beau ;
La grâce est là qui le cimente
Et des cieux y pose le sceau.

Salut, louange, honneur, hommage,
Au Père, au Fils, au Dieu d'amour ;
Que sur nos âmes d'âge en âge
Dieu vive et règne sans retour ;
Que son bonheur soit mon partage
Au sein de l'éternel séjour,

La Sainte Vierge.

Ave, Maris stella.

Etoile de la mer,
Port et salut du monde,
Sauve-nous de l'enfer,
Vierge intacte et féconde.

Aurore de ma foi
Que l'ange glorifie,
Nouvelle Eve, avec toi
Je retrouve la vie.

Eclaire le pécheur
Et romps sa lourde chaîne,
Prépare son bonheur
Et dissipe sa peine.

Mère du divin roi,
Montre-toi notre mère ;
Jésus est né pour moi,
Offre lui ma prière.

O chaste et tendre cœur,
Préserve-nous du crime ;
Donne-nous ta douceur,
Ta chasteté sublime.

Donne-nous l'amour pur,
La vertu, l'innocence
Qui, par un chemin sûr,
Mène à la récompense.

Père adoré des cieux,
Fils, sa vivante image,
Esprit, lien des deux,
Recevez mon hommage.

Virgo, Dei genitrix.

Sois glorieuse d'un fils
Que ne peut contenir la terr
Toi qui le contins jadis
Dans tes entrailles de mère.

Ton saint enfant racheta
Notre malheureuse nature ;
Ta virginité resta
Toujours belle et toujours pure.

Mère pleine de bonté,
En tout lieu le monde t'implore ;
Accueille la piété
Du fidèle qui t'honore.

Gloire au Père dans les cieux,
Gloire au Fils sauveur débonnaire
Gloire à toi lien des deux,
Esprit qui nous regénère.

BEAUVAIS

Notre - Dame refuge des Pécheurs (dernier Dimanche de l'Épiphanie).

Audi, precor, o bona Domina.

Je t'en conjure, ô divine Marie,
Entends nos vœux, nos soupirs et nos pleurs ;
Dans ta bonté, Vierge, réconcilie
Avec le Dieu qui connut les douleurs
    Nos pauvres cœurs.

Il est ton fils ; tes instances de mère
Ouvrent son cœur au pécheur malheureux ;
Dieu, plus clément et juge moins sévère,
Il m'offre alors un pardon généreux,
    Du haut des cieux.

Hélas ! je suis, dès la plus tendre enfance,
Porté toujours aux plus affreux excès ;
Mon triste sort t'appelle à sa défense,
O Vierge intacte et célèbre à jamais
    Dans tes bienfaits.

Mère, sur nous incline ta tendresse,
Détourne-nous des sentiers de l'erreur ;
Pour nous vers Dieu pousse un cri de détresse,
Que Dieu pardonne, et n'ait plus de rigueur
    Pour le pécheur.

Sois mon appui, douce Reine des anges,
Qui fus ma sœur et ma compagne un jour ;

Instruis ma bouche à chanter tes louanges,
Et que mon âme aille a toi sans détour,
Mère d'amour.

Ton lait nourrit le souverain des âmes
Qui nourrit tout ce qui vit dans son sein
Sois en bénie entre toutes les femmes,
Et bénis ceux qui célèbrent sans fin
Ton nom divin.

Mon cœur, bénis le Père de lumière,
Bénis Marie, et bénis le Sauveur,
Source de vie où je me désaltère,
Où des élus je puise la ferveur
Et le bonheur.

Même fête.

Quid nunc in tenebris.

A l'ombre de la mort
Quoi ! peuple parjure,
Te perdre et sans remord
A Dieu faire injure !
Reviens, lève les yeux,
Voici la lumière ;
Marche : un astre des cieux
Te guide et t'éclaire.

C'est Marie ! ô bonheur !
Elle est sur un trône,
Suspendant du Seigneur
La foudre qui tonne ;
Un asile pour toi
S'ouvre en son cœur tendre,
Accours-y sans effroi ;
Garde-toi d'attendre.

Toute puissante au Ciel
Et là, reine altière,
Ici pour le mortel
Elle n'est que mère ;
Dieu pardonne toujours

Au pauvre coupable
Qui demande secours
A ce cœur aimable.

O Reine des élus,
Que la terre honore,
Tu peux fléchir Jésus,
Notre âme t'implore :
Ecoute nos accents,
Mère de clémence,
Nous sommes tes enfants,
Sois notre défense.

Vierge, dompte, attendris
L'homme au cœur rebelle ;
Guide, éclaire et guéris
L'aveugle infidèle ;
Arrache le captif
A son esclavage,
Ramène mon esquif
Au bord du rivage.

Du Père qui donna
Marie à la terre,
Du Fils qui s'incarna
En la vierge Mère ;
Chantons l'être éternel,

Et gloire en ce monde,
Gloire à l'Esprit du Ciel
Qui la rend féconde.

Ascension.

Promissa tellus.

Sois heureuse, ô terre,
Voici luire un beau jour ;
Le Dieu du tonnerre
N'est plus qu'un Dieu d'amour ;
Non ; plus de menace
Pour le pécheur,
Jésus prend place
La-haut près du Seigneur.

Quel honneur sublime !
Les cieux te sont ouverts,
Vainqueur magnanime
De la mort, des enfers ;
La nature entière
Est sous ta loi,
Toute la terre
Sous ton sceptre de Roi.

Hommes en tristesse,
Ne cherchez plus des yeux.....
Tel, Jésus vous laisse
Pour remonter aux cieux,
Tel, ce Maître aimable
Un jour, vengeur,
Vers le coupable
Viendra dans sa fureur.

A droite en la gloire
Près de ton Père assis,
Daigne à ta victoire
Associer tes fils ;
L'ennemi nous presse,
Soyons soldats ;
Ta croix se dresse,
Nous vaincrons aux combats.

A toi, Père, hommage,
Gloire égale au Sauveur
Qui là haut est gage
De paix et de bonheur ;
Et toi, Dieu de flamme,
Nous t'honorons,
Au fond de l'âme
Toujours nous t'aimerons.

Sacré - Cœur.

O quam digna coli.

Célébrons à l'envi dans un brillant concert
Le saint cœur de Jésus, vaste brasier de flammes,
Refuge consolant, abri toujours ouvert
    A la détresse de nos âmes.

Tout aimante avec nous, tout aimable à nos yeux,
Pour mieux nous attirer oubliant son tonnerre,
Sa majesté se voile et n'éclate qu'aux cieux,
    Beaux et joyeux de sa lumière.

Mais nous, sollicités par cet excès d'amour,
Peuple ingrat, peuple froid, cœurs privés de tendresse,

Hélas ! nous restons là sans payer de retour
    Cette charité qui nous presse.

O source de la grâce ! ô fontaine d'amour !
Où, recherchant les eaux de la vie éternelle,
La soif de la justice à souhait tour à tour
    Et s'étanche et se renouvelle !

O sanctuaire ami des pieux zélateurs !
O fleuve de la vie ! ô torrent de délices !
Jésus assiste-nous de tes saintes faveurs,
    Nous nous plaçons sous tes auspices.

Louange au Père, au Fils, au céleste séjour ;
Gloire égale à l'Esprit rénovateur du monde ;
Que notre cœur sans cesse épris d'un saint amour,
    Au doux cœur de Jésus réponde.

Translation des Reliques de Saint Éloi.

Heroum tumulos.

Des héros et des grands les monuments funèbres
Ombragent notre sol, et les cœurs les plus beaux,
La vertu, le talent et les exploits célèbres
    Restent perdus dans ces tombeaux.

Tels ne sont pas tes saints, ô mon Dieu, dans ce monde :
Leur cendre ne dort pas dans un repos honteux,
Et la tombe elle-même en miracles féconde
    Devient comme un honneur pour eux.

D'un pontife chéri tu renfermes les restes,
Châsse que l'on révère et couronne de fleurs ;
Ah ! de pareils trésors sont des présents célestes,
    Des souvenirs chers à nos cœurs.

De notre père ici la foi respire encore,
Son cœur y vit toujours, et, si l'attrait des sens
Nous éloigne du Dieu qu'Eloi pour nous implore,
    Le mort fera honte aux vivants.

Vous, contre qui déjà proteste sa mémoire,
Irez-vous vous flatter que vos tristes langueurs
Atteindront sans effort à cette heureuse gloire,
    Fruits des plus pénibles labeurs ?

Père, abaisse sur l'homme un regard débonnaire
Et dirige ses pas ; que ma cause à tes yeux
Ne devienne jamais une cause étrangère,
    Brûle mon âme de tes feux.

Ressuscite nos corps Trinité souveraine
Et comble-les de gloire en la sainte cité ;
Deviens-y le bonheur de la nature humaine
    Perdue en ta divinité.

Saint Eloi.
1er Décembre.

Christe, pastorum.

Dieu, qui des pasteurs
Est le prince et la tête,
Reçois les honneurs
Que l'Eglise t'apprête,
Quand nos chants pieux
D'un pasteur glorieux
Ramènent la fête.

Notre humble prélat,
Sans brigue condamnable,
Sans goût pour l'éclat
D'un trône redoutable,
Appelé de Dieu
Reçut dans le saint lieu
Sa charge honorable.

L'Esprit saint à flots
Versa dans le cœur même
Du brave héros
La grâce du saint chrème ;

Va, pasteur nouveau,
Va paître le troupeau
Du Maître qui t'aime.

Eloi, des chrétiens,
Le père et le modèle,
Leur donne ses biens,
Ses forces et son zèle ;
Il veille sur nous,
Se faisant tout à tous,
Apôtre fidèle.

Il sèche les pleurs,
Dissipe l'ignorance,
Sauve les pécheurs,
Au Ciel fait violence,
Dompte les enfers,
Eclaire l'univers
Par son éloquence.

Donne-nous l'appui,
Seigneur, de sa prière ;
Qu'on offre aujourd'hui
Ensemble au Fils, au Père,
A l'Esprit divin
Un cantique sans fin
Au Ciel et sur terre.

8 Janvier. — Saint Lucien.

Qualis vos sequitur gloria, martyres.

Martyrs, au sein de Dieu vous rayonnez de gloire ;
Vous êtes investis des honneurs les plus beaux,
Tandis que nous chantons ici-bas la victoire
    Qui plane encor sur vos tombeaux.

Lucien part de Rome et plein de saintes flammes
Au péril de ses jours arrive au Beauvaisis ;
Arrière la fortune ! il ne veut que des âmes,
    Pasteur il cherche des brebis.

Déjà les siens et lui font trembler les idoles ;
Ils ont tout renversé : temples, culte et faux-dieux ;
Les miracles partout garants de leurs paroles
    Domptent un peuple impérieux.

La foi gagne les cœurs, Beauvais n'est plus le même ;
Cependant l'ennemi poursuit le saint troupeau,
Lucien est l'objet d'une fureur extrême,
    Mais le saint brave le bourreau.

Des hauteurs de Montmille on a gravi les crêtes,
Nos martyrs sont aux pieds d'un bourreau furieux ;
Le fer brille, et soudain je vois tomber trois têtes,
    Trois saints s'envoler vers les Cieux.

Nés du sang des martyrs, Beauvaisins que nous sommes,
Rendons-nous dignes d'eux, et si le temps n'est plus
D'imiter dans leur mort ces magnanimes hommes,
    Imitons-les dans leurs vertus.

La foi respire encor sur la montagne sainte
Et le sang y convie à des exploits nouveaux ;
Et puis, mon âme irait, par la torpeur atteinte,
    S'ensevelir dans le repos !

Honneur au Père, au Fils ; gloire à l'Esprit de flammes
Qui soutient les martyrs au fort de leurs combats,
Qui fait vivre, lutter et triompher leurs âmes,
    En livrant leurs corps au trépas.

Saint Lucien.
8 Janvier.

Bellovacis civibus.

Dans les ténèbres perdus,
Beauvaisins n'attendez plus ;
Un grand flambeau vous éclaire.

Dans les plus farouches cœurs
La foi répand ses douceurs,
Un saint vous aborde en père.

Rome même est son berceau,
Et le conquérant nouveau
Vient sans arme et sans menace.

Il n'attaque point le corps
Mais l'esprit, et ses efforts
N'opèrent que par la grâce.

Point de dévastation,
Point de sang, point de carnage,
Point de vile oppression,
Point de joug, point d'esclavage.

Sa ressource est son grand Dieu,
Le jeûne, la vie austère,
Les discours remplis de feu,
Les labeurs et la prière.

C'est nous qu'il veut, nous, sans notre or,
Nous, à tout prix, nous, son trésor,
Nous pour qui Jésus l'enflamme.

Cité, qui bravas les tyrans,

Sans lutte au grand Saint tu te rends,
Le verbe a touché ton âme.

Le peuple écoute ses leçons ;
Bientôt naissent d'amples moissons,
Espoir d'une jeune église.

Domptant les cœurs impérieux
La foi grandit, et des faux-dieux
Le culte impie agonise.

On a honte de leurs autels,
Tout croule en l'empire du vice ;
Temples, dieux, rites solennels
Font place au saint sacrifice.

L'enfer rugit ; venez bourreaux,
Payens, tyran, tout est en rage ;
Tremble pasteur, tremblez, agneaux,
Voici l'heure du carnage.

Déjà deux prêtres vénérés,
Voués au même ministère,
    Sont torturés
    Et déchirés
Par une main sanguinaire.

Frappé d'un glaive meurtrier,
Au Ciel, et non pas à la tombe,
    Ceint de laurier
    Part le guerrier,
Vainqueur, quand sa tête tombe.

Dans le sang de ce grand cœur,
Foi, retrempe ta vigueur.

Saints Patrons du Beauvaisis.

Cœlo quos eadem.

Vous, qu'une même gloire honore dans les cieux,
Soyez loués ici dans une même fête :

Nous chantons vos exploits, vos succès glorieux
Et votre suprême conquête.

La vérité, l'amour alimentent vos cœurs,
Vous buvez à longs traits au fleuve de la vie ;
Une ivresse éternelle abreuve de douceurs
Votre âme en la sainte patrie.

Grands saints, protégez-nous au milieu des dangers,
De la mer de ce monde écartez le naufrage ;
Dirigez sur les flots de pauvres passagers
Qui recherchent votre rivage.

Louange au Père, au Fils durant l'éternité ;
Gloire égale à l'Esprit qui de ses vives flammes
Selon notre mérite et selon l'équité
Anime et pénètre nos âmes.

2 Février.
Chandeleur.

Stupete gentes.

Quel jour ! Je vois Dieu
Paraître, en cette fête,
Victime au Saint lieu,
Rançon qui se rachète !
Le Maître éternel
Sous la loi plie ;
L'impur mortel,
Vierge, te purifie !

Tout le temps prescrit,
L'humble et docile mère
S'était interdit
L'accès du sanctuaire ;
Quel respect, Seigneur,
Et quel exemple,
Lorsque son cœur
Est lui seul ton vrai temple !

Sur un même autel
S'offre triple victime :

L'honneur immortel
De la Vierge sublime,
L'objet glorieux
De sa tendresse,
Le juste heureux
D'une longue vieillesse.

Plus d'un glaive, hélas !
Transpercera ton âme,
Oui, tu souffriras,
Auguste et sainte femme !
De cet innocent,
Divine mère,
Vois-tu le sang
Couler sur le Calvaire ?

Jésus tout enfant
Prélude à son supplice ;
Quand il sera grand,
Viendra le sacrifice :
Il faudra mourir,
Pauvre victime,
Tu dois subir
La peine due au crime.

Gloire au Père, au Fils,

Au Dieu d'amour louanges ;
Dieu, je te bénis
Comme au Ciel font les anges ;
Sainte Trinité,
Reçois l'hommage
Qu'à ta beauté
Nous rendrons d'âge en âge.

Même fête.

O gloriosa Virginum.

Vierge, des vierges la plus belle,
Elevée au-dessus du Ciel,
L'enfant qui presse ta mamelle
Est ton auteur, c'est l'Eternel.

Par lui tu ranimes la vie
Qu'Eve avait éteinte en nos cœurs,
Et l'exilé voit la patrie
Désormais s'ouvrir à ses pleurs.

O sein virginal de ma mère,
Cour radieuse du grand roi,
Source du salut que la terre
Acclame et bénit avec moi !

O Fils d'une vierge divine,
O Père, ô doux Esprit d'amour,
A vos pieds le monde s'incline
Gloire à vous, gloire sans retour.

30 Mars. — Saint Rieul.

Christe, totius reparator orbis.

Vers nous, mon Sauveur,
Dieu bienveillant et sage,
Envoie un pasteur
Qui soit ta vive image ;
Senlis en ce jour
D'un cantique d'amour
T'offrira l'hommage.

Rieul prend la croix,
Franchit notre frontière ;
Il parle et sa voix
S'en va comme un tonnerre,
De par l'Eternel,
Jetant rit, temple, autel
Et faux-dieux par terre.

Tout change ; la foi
Impose ses oracles,
Dieu dicte sa loi
Au milieu des miracles ;
Aux fonds sacrés, l'eau
Forme un peuple nouveau ;
Cieux ! quels beaux spectacles !

Soutiens la cité
A Dieu par toi conquise ;
Vois : la piété
Meurt sous la froide bise ;
Ranime, ô pasteur,
Cette charmante fleur
Au champ de l'église.

Orne de vertus
Le cœur pur et fidèle ;
Obtiens de Jésus
A l'âme criminelle
Un pardon joyeux,
Et plus tard, dans les Cieux,
La vie éternelle.

Louange au Seigneur,
Gloire suprême au Père.
Et gloire à l'auteur
Du salut sur la terre ;
Gloire sans retour
Au Dieu du saint amour
Qui nous régénère.

11 Avril.
Sainte Godeberthe.

Quo tuo tandem.

Présente nos vœux,
Vierge, au Seigneur lui-même ;
Au palais des cieux,
Jésus, l'époux qui t'aime,
S'unissant à toi,
A couronné ta foi
D'un bonheur suprême.

J'ai de tous mes biens
Dit-il, paré ton âme,
Godeberthe, viens :
Mon amour te réclame ;
Un pur aliment
Entretint constamment
Ta lampe de flamme.

A genoux ici,
Tout Noyon te vénère ;
Son peuple béni
En Godeberthe espère ;
Viens à mon secours,

Viens ; à toi j'ai recours,
Vierge tutélaire.

En notre cité
S'apaise à ta prière
Un mal redouté,
La peste meurtrière :
Ta secrète main
L'arrêtant en chemin
Eteint sa colère.

Si les Noyonnais
Eprouvent des alarmes,
Prie et secours-les
Par tes vœux par tes larmes :
Laissant sa fureur,
Dieu guidé par ton cœur,
Posera les armes.

Amour au Seigneur,
Au Père, au Fils louanges ;
Gloire, hommage, honneur,
Dans les saintes phalanges,
A l'Esprit des cieux
Oui brûle de ses feux
Les Vierges, les anges.

3 Mai. — Invention de la Sainte-Croix.

Quæ te pro populi.

Innocent, qui te presse à payer pour le crime ?
Qui prescrivit jamais de pareils dévouements ?
Quoi venir au calvaire, et pontife-victime
    Mourir pour nous dans les tourments !

Tes pieds où deux gros clous ont creusé leur passage,
Brisent les fers maudits dont nous chargeait Satan,
Tes mains, où les bourreaux ont imprimé leur rage,
    Nous défendent de ce tyran.

De la lance en ton flanc la blessure féconde
Nous fait naître à la grâce, à la vie, à l'amour ;

Le sang, l'eau qui jaillit, lave et sauve le monde
Et le délivre sans retour.

O fleuve de la grâce ! ô fontaine de vie !
Tout est ouvert, coulez, coulez du sacré cœur ;
N'es-tu pas la retraite où je m'abrite et prie,
Auguste et doux intérieur !

Père, si vos péchés provoquent ta colère,
Considère ton fils sanglant, meurtri de coups :
Sa prière et son bras suspendront ton tonnerre,
Et désarmeront ton courroux.

Par les croix, par l'épreuve et la sainte souffrance
Dieu, fais-nous acheter le bonheur des élus ;
Trinité, nous chantons ta gloire et ta puissance,
En nois unissant à Jésus.

24 Mai. — Notre-Dame auxiliatrice.

Sæpe dum Christi.

Souvent les chrétiens,
Quand une guerre inpie
Attaquait leurs biens,
Leurs terres et leur vie,
Pour les secourir
Des cieux virent venir
L'aimable Marie.

Ces rites sacrés,
Ces fêtes, notre histoire,
Ces temples parés
Des dons de la victoire,
Ici tour à tour
Mère, de ton amour
Prêchent la mémoire.

Qu'un chant mérité
En tout lieu te bénisse ;
Que la chrétienté

Que Rome t'applaudisse ;
Qu'on loue à jamais
Tes immenses bienfaits,
O Vierge propice.

Jour cher à ma foi,
Jour fameux et prospère,
Où le prêtre-roi,
Trop vengé par la guerre,
Revient des tourments
D'un exil de cinq ans
Au siège de Pierre !

Lévites pieux
Et vierges innocentes,
Chers enfants joyeux,
Bouches reconnaissantes,
Chantez en ce jour
De la mère d'amour
Les faveurs touchantes.

Ah ! nous en prions
Ta bonté maternelle,
Ajoute à tes dons
Cette grâce nouvelle

Qu'un jour le pasteur
Range au sein du bonheur
Son troupeau fidèle.

Sainte Trinité,
Accepte mon hommage ;
Que la piété
Dans son divin langage
Et du fond des cœurs
Célèbre tes grandeurs
Partout d'âge en âge.

8 Juin. — Saint Médard.

Quos Deus ponit.

Quand Dieu pour pasteur
Prend un fils de la terre,
Il forme son cœur
L'instruit, le régènère ;
Ce Maître éternel
Veut des saints pour l'autel
Et le ministère.

Médard tout enfant
Offre comme un présage
Un signe touchant
De vertu, de courage ;
En lui la bonté,
L'austère piété
A devancé l'âge !

Chrétiens, quel appui,
Quelle ressource immense !
Pauvre, infirme, en lui
Trouve amour, assistance;
Il cherche Jésus,
Et le monde n'est plus
Pour lui que démence.

Les préceptes saints,
Les règles de conduite
Qu'aux livres divins
Il emprunte et médite,
Forment pour les cieux,
Brûlent des plus beaux feux
Cette âme d'élite.

Ne t'en cache pas,
Ta sagesse profonde
Couvre d'hosannas
Ton grand nom dans le monde ;
Vive Dieu ! ta foi
Eclatant malgré toi
Deviendra féconde.

Jésus, qui pour nous
Descendu sur la terre
Te fis tout à tous,
Prêtre pasteur et frère,
Gloire à toi sans fin,
Gloire à l'esprit divin,
Gloire à Dieu ton père.

13 Juillet. — Saint Maure et Sainte Brigide.

Aulæ nos liceat.

Chantons ces cœurs jaloux de leur belle innocence,
Ces vierges délaissant la cour d'un souverain,
Le faste, les plaisirs, la gloire et l'opulence,
    Pour un bonheur pur et divin.

Bien loin de leur patrie, une terre étrangère
Les trouve dans le temple ou près d'un saint docteur ;

Leurs miracles tantôt, et tantôt leur prière
Viennent secourir le malheur.

Un brigand sort d'un bois, les assaille et propose
Le salut dans l'opprobre ou la mort sous les coups :
Nos vierges, à leur lis soudain mêlant la rose,
Vont au ciel chercher leur époux.

Et nous brûlons encore des plus honteuses flammes
Et nous sommes épris des plus hideux plaisirs !
Viens donc, ô chasteté, viens délivrer nos âmes,
Toi qui sais faire des martyrs !

Père, accueille nos chants et toi des vierges saintes
Belle et noble couronne, ô Jésus, prends nos cœurs :
Dieu d'amour, ils sont froids et leurs flammes éteintes ;
Ranime-les de tes ardeurs.

26 Juillet.
Saint Evrou.

Tua beando gloria.

Dieu, par une admirable voie,
Vers le Ciel dirigeant nos cœurs,
Parfois se cache et fait sa joie
De provoquer ainsi nos pleurs.

Dans l'exil, au loin, le fidèle
Te salue, ô Dieu, par ses vœux :
Son élan, son geste et son zèle
Te supplie et cherche les cieux.

Mais la mort seule nous y mène...
Venez donc, jeûnes et tourments ;
Juste, entasse peine sur peine,
Avance tes derniers moments.

Du martyr l'insigne victoire
Vient prompte comme le trépas ;

Toi, tu n'arrives à la gloire
Qu'en vieillissant dans les combats.

Trinité, reçois ma louange
Et sois l'objet de mes soupirs,
Dieu, qui te donnes en échange
Des vains et terrestres plaisirs.

15 Août.
Assomption.

O vos ætherei.

O Vous, esprits heureux,
Fêtez la victoire
De la reine des cieux ;
Jésus, en la gloire,
Accueille dans ses bras
L'Auguste Marie,
Que le plus doux trépas
Au monde a ravie.

Ah! quels dons l'Eternel
T'offre en sa tendresse !
Il te livre du Ciel
Toute la richesse ;
Ta chair l'a revêtu :
Sa propre lumière
Ornera ta vertu,
O divine Mère.

Jadis le corps voilait
Sa divine Essence ;
Vois-la ; plonge à souhait
Dans cet être immense ;
Il pressait tout enfant
Ta sainte mamelle,
Puise en lui maintenant
La vie éternelle.

Quel pouvoir, quels honneurs
Il donne à sa mère !...
Par toi que de laveurs
Pleuvent sur la terre !
Les cieux sont sous ta loi,
O Reine suprême ;
Rien n'est plus grand que toi,
Excepté Dieu même.

Auprès du roi des cieux,
Du haut de ton trône
Entends, reçois mes vœux,
Aimable patronne ;
Tu peux fléchir ton fils,
Vierge débonnaire,
Au Ciel tu me chéris,
Jésus est mon frère.

Gloire au Dieu qui donna
Aux hommes Marie,
Gloire au Dieu qui daigna
Lui devoir la vie ;
Honneur au Père, au Fils,
Et gloire en ce monde
A toi, Dieu, qui rendis
La Vierge féconde,

Assomption.

Plaudamus cum superis.

Acclamons avec amour
L'arche nouvelle, en ce jour,
Admise au sein de la gloire.

Reine auguste des élus,
Marie est près de Jésus
Et partage sa victoire.

Comme il comble de bonheur
Ce cœur navré de douleur !
Comme il honore sa mère !

Elle a les trésors du Ciel,
Première après 'Eternel
Et brillante de lumière.

Des grâces elle est le canal ;
Car de son sein virginal
Sort l'auteur de l'innocence.

Jamais le Ciel à mes cris
Fut-il sourd, quand près du Fils
La mère prit ma défense ?

Grandeur au-dessus des cieux,
Sainteté plus pure qu'eux,
Entends la voix qui t'implore.

Fais dominer dans nos cœurs
Et fais régner dans nos mœurs
Cette grâce qui t'honore.

Nous tombons à tes genoux,
A toi nous nous vouons tous,
Vierge, sois notre assistance.

Fidèle à notre pays
Défends-le devant ton fils,
Sauve la foi de la France.

24 Septembre.
Saint Germer.

Nos decet festos.

Chantons tous joyeux
L'enfant de la patrie,
Qui triomphe aux cieux
Et que la terre prie ;
Saint riche en vertus,
Consacrant à Jésus
Ses biens et sa vie.

A la cour du roi
Sa naissance l'appelle :
Là, paraît sa foi,
Sa sagesse étincelle ;
Là, les plus parfaits,
En contemplant ses traits,
Trouvent leur modèle.

Il obtient la main
D'une pieuse fille ;
Quel trésor divin,
Ciel ! que cette famille !
Le couple béni,
A ses enfants uni,
En ta gloire brille.

Du pauvre ses biens
Deviennent l'apanage ;
Il offre aux chrétiens
Que l'infortune outrage
L'Isle préparé
Comme un port assuré
Contre le naufrage.

Là, loin des travaux
D'une cour qui l'accable,
Il a son repos ;
Là, monde misérable,
Il fuira tes rois
Et de leurs grands emplois
L'honneur méprisable.

Gloire à toi, Seigneur,
Gloire louange au Père,
Gloire au Rédempteur,
Gloire au Dieu de lumière
Qui dévoile aux yeux
Le néant vil et creux
Des biens de la terre.

3 Octobre.
Sainte Domaine.

Quid sacram virgo generosa.

Pourquoi portes-tu
Deux couronnes de gloire ?
C'est que ta vertu
Compte double victoire,
Vierge désormais
Illustre et pour jamais
Digne de mémoire.

Tyran, cruautés,
Promesses, artifices,
Appas, voluptés,
Séductions et vices,
Ne t'ébranlent pas ;
Tu braves le trépas,
L'enfer, les supplices.

Jésus, près des fleurs
Se plaît et se repose,
Joyeux des senteurs
Du lis ou de la rose ;
Cœur Vierge et martyr,
De ce divin plaisir
N'es-tu pas la cause ?

Du Dieu tout puissant
Obtiens par ta prière
Que je sois constant,
Doux, humble, chaste, austère ;
Dompte en moi la chair,

Mets à néant l'enfer,
Sa ruse et sa guerre.

Daignez en ce jour,
O Père, ô Fils unique,
Et toi, Dieu d'amour,
Bénir notre cantique ;
Animez nos cœurs
Jaloux de vos faveurs
D'un souffle angélique.

14 Octobre.
Sainte Angadresme.

Illa quam terris.

Célébrons ce jour
Où l'illustre Angadresme
Pénètre au séjour
De son bonheur suprême,
Où sa vive foi,
Dieu du Ciel, trouve en toi
Sa couronne même.

La sainte en Jésus,
A la fleur de son âge,
Puisa des vertus
L'exemple et le courage ;
Puis un cœur pieux
Dirigea vers les cieux
Cette Vierge sage.

Le monde trompeur
Pour elle ne peut être
Qu'un objet d'horreur;
Elle ne veut connaître,
Imiter, charmer,
Et d'un cœur pur aimer
Que toi, divin Maître.

Ne lui parlez plus
De beauté, d'opulence :
Son tout est Jésus ;

Le cloître et le silence
Au monde à jamais
Dérobe les attraits
De son innocence.

Le sort le plus beau
Pour elle est le martyre ;
Où prendre un bourreau ?
Elle même déchire,
Epuise son corps
Par mille et mille morts
Et joyeuse expire.

Donne-moi toujours
Son amour et sa flamme ;
Viens à mon secours,
Seigneur, je le réclame :
Je veux sur ces pas
Marcher jusqu'au trépas
Et sauver mon âme.

Amour au Seigneur!
Au Père, au Fils louanges ;
Gloire, hommage, honneur,
Dans les saintes phalanges,
A l'Esprit des cieux
Qui brûle de ses feux
Les vierges, les anges.

11 Novembre.
Saint Martin.

Equis ardentes.

Qui passe joyeux,
Astres, dans votre sphère,
Au centre des feux,
Source de la lumière ?
C'est l'oint du Seigneur ;
Anges, chantez en chœur,
Chantez, Cieux et terre !

A la fleur des ans,

Martin part pour la guerre;
Mais là, fiers tyrans,
Là n'est pas sa carrière;
Ne l'engagez plus,
Car son maître est Jésus,
La croix, sa bannière!

Aux camps, son aspect
A la licence intime
Impose respect;
Rien au monde n'entame
Ses mœurs, sa ferveur,
Son serment, son honneur
Et sa force d'âme.

Un pauvre, en cadeau,
Et contre la froidure,
Reçoit son manteau;
Mais, dans la nuit obscure
Jésus apparaît;
Il porte satisfait
L'habit pour parure.

A peine honoré
Des bienfaits du baptême,
Le guerrier, sacré
Prêtre du Dieu suprême,
Loin des camps fangeux,
Revêt d'un cœur joyeux
Jésus-Christ lui-même.

Va, nouveau soldat,
Illustre ta mémoire;
Va, marche au combat
Pour ton Dieu, pour sa gloire;
Frappe sur ta chair,
Et sur elle et l'enfer
Remporte victoire.

Du séjour des cieux
Ravissante lumière,
Partout en tous lieux
Fils adoré du Père,
Par l'amour, Seigneur,
Tu fais prêtre et pasteur
Un fils de la terre.

Saintes Reliques.

O vos unanimes.

Chantons les saints ensemble en nos concerts joyeux,
Honorons leurs tombeaux, leurs dépouilles, leur cendre,
Leurs ossements sacrés, ce qu'ils ont laissé d'eux
    De plus touchant et de plus tendre.

Tandis que jouissant du prix de leurs travaux,
Leurs âmes dans les cieux exaltent leur victoire,
Fêtons ici leurs corps, théâtres de leurs maux,
    Comme nous fêtons leur mémoire.

Eh! Dieu ne prend-il pas leurs tombeaux pour autels?
Les membres et le chef ne font qu'une victime;
Il semble donc s'unir à leurs restes mortels,
    Quand il s'immole pour le crime.

A vos châsses, grands saints, le peuple est à genoux,
Il les couvre aujourd'hui des baisers de sa bouche ;
O vous nos protecteurs, intercédez pour nous,
 Si là-haut notre sort vous touche.

Et, quand nos corps enfin brillants et glorieux
Se réveillant un jour iront s'unir aux anges,
Trinité, tu seras mon bonheur dans les cieux,
 Et j'y chanterai tes louanges.

La Dédicace.

Jérusalem et Sion filiæ.

Cour des élus, toi qui brilles aux cieux,
Belle cité, vision pacifique,
Sion entonne en tes chœurs glorieux
 Un saint cantique.

Car Jésus-Christ type de sainteté
Epouse ici l'Eglise notre mère
Qu'il délivra d'une captivité
 Dure et sévère.

Elle sortit de son douloureux flanc,
Quand à la croix il se livra lui-même ;
L'eau qui coula mêlée aux flots de sang
 Fut son baptême.

Ce fut ainsi qu'Eve naquit un jour :
Du cœur d'Adam cette épouse fut prise ;
De même un Dieu du sein de son amour
 Tira l'Eglise.

Eve inocule à ses enfants la mort,
L'Eglise aux siens communique la vie ;
Elle est pour eux le salut dans le port
 Et la patrie.

Elle est la barque où l'on brave les flots,
Le piédestal de nos vérités saintes,
Et le bercail où pasteurs et troupeaux
 Vivent sans craintes.

O jour heureux où l'Eglise et Jésus
Forment les nœuds d'un divin mariage,
Où nous revient le séjour des élus
    Comme héritage !

Le juste, là, trouve un sort glorieux ;
L'humble pécheur, le pardon de son crime,
Et l'ange aussi sent redoubler aux cieux
    Sa joie intime.

Dieu prévoyait de loin cet avenir ;
La sainte grâce, unie à la sagesse,
Devait un jour aux mortels obtenir
    Cette allégresse.

Au grand festin de tes noces, Seigneur,
Fais-moi goûter la céleste ambroisie ;
Enivre-moi de l'éternel bonheur
    Dans la patrie !

Le Stabat de la Crèche

Par FRA JACOPONE DE TODI (XIIIᵉ siècle).

Stabat mater speciosa
Juxta fœnum gaudiosa,
Dum jacebat parvulus.

Cujus animam gaudentem
Lætabundam et ferventem
Pertransivit jubilus.

O quam lœta et beata
Fuit illa immaculata
Mater unigeniti !

La mère aimable et gracieuse
A la crèche était toute heureuse ;
Son enfant la ravissait.

Le bonheur inondait son âme ;
Elle n'était que joie et flamme :
Un trait d'amour la perçait.

O délice ! ô charmante ivresse !
Pieuse et touchante allégresse
De la mère de Jésus !

Que gaudebat et ridebat
Exultabat cum videbat
Nati partum inclyti.

O quis est qui non gauderet
Christi matrem si videret
In tanto solatio ?

Quis non posset collætari,
Christi Matrem contemplari
Ludentem cum filio ?

Pro peccatis suæ gentis
Christum vidit cum jumentis
Et algori subditum

Vidit suum dulcem natum
Vagientem, adoratum,
Vili diversorio.

Nato Christo in presœpe,
Cœli cives canunt læte
Cum immenso gaudio

Stabat senex cum puellà
Non cum verbo nec loquelœ
Stupescentes cordibus.

Eia mater, fons amoris,
Me sentire vim ardoris
Fac ut tecum sentiam.

Fac ut ardeat cor meum
In amando Christum Deum
Ut sibi complaceam.

Sancta mater istud agas
Prone introducas plagas
Cordi fixas valide.

Tui nati cœlo lapsi
Jam dignati fœno nasci
Pœnas mecum divide.

Tu ris, ô Vierge, et tu tressailles,
Tant le doux fruit de tes entrailles
Charme tes sens éperdus !

Quelle âme ne serait heureuse,
Trouvant la Vierge glorieuse
Dans un tel ravissement ?

Qui n'aurait sa joie innocente,
En la voyant, mère charmante,
Jouer avec son enfant ?

Pour les torts de l'homme coupable,
Jésus grelotte dans l'étable ;
Les bœufs lui portent secours.

Il pleure ; et, courbés contre terre,
Près de lui je vois en prière
Les pâtres des alentours.

Aux bienheureux, dans sa naissance,
Jésus cause une joie immense,
Et les cieux chantent en chœur.

Mais vois-tu Joseph et Marie,
Bouche close, l'âme attendrie
Et l'extase dans le cœur ?

Mère d'amour, prête à mon âme
L'ardeur de cette aimable flamme
Qui pour Dieu brûle en ton sein.

Qu'en moi ce feu d'en haut s'allume;
Qu'il me pénètre, me consume
Et charme l'enfant divin.

Ah ! sur mon cœur, ô mère sainte,
Frappe fort, frappes-y l'empreinte
Du Dieu souffrant mon sauveur.

Echappé du séjour des anges,
Pour nous il pleure dans les langes;
Fais-moi part de sa douleur.

In me sistat ardor tui,
Puerino fac me frui,
Dum sum in exilio.

Hunc ardorem fac communem
Ne facias me immunem
Ab hoc desiderio.

Virgo virginum præclara,
Mihi jam non sis amara :
Fac me parvum rapere.

Fac ut portem pulchrum fantem
Qui nascendo vicit mortem,
Volens vitam tradere.

Fac me tecum satiari,
Nato tuo inebriari,
Stans inter tripudia.

Inflammatus et accensus
Obstupescit omnis sensus
Tali de commercio.

Fac me nato custodiri,
Verbo Dei præmuniri,
Conservari gratia.

Quando corpus morietur,
Fac ut animæ donetur
Nati tui visio.

Omnes stabulum amantes
Et pastores vigilantes.
Pernoctantes sociant.

Per virtutem nati tui,
Ora ut electi tui
Ad patriam veniant.

Je veux t'aimer sans cesse, ô mère,
Et ne jouir sur cette terre
Que du petit enfant-Dieu.

Que ce grand désir nous unisse ;
Que ton influence propice
Eternise en moi ce vœu.

O vierge aimable et débonnaire,
Ne repousse pas ma prière :
Mets ton fils entre mes bras.

Donne ; et qu'il comble mon attente
Cet enfant, victime naissante,
Qui doit vaincre le trépas.

Que ton Jésus me rassasie,
Qu'il m'enivre et me vivifie
Comme toi de ses douceurs.

Oh ! pour l'âme d'amour éprise,
Quelle ravissante surprise
Que ce nœud qui joint nos cœurs!

Que ton cher enfant soit mon guide;
Le Verbe de Dieu, mon égide,
Et sa grâce mon soutien.

Quand viendra mon heure dernière,
Offre à ma mourante paupière
Jésus mon souverain bien.

Amis de l'enfant adorable,
Aux humbles pâtres de l'étable
Cette nuit unissons-nous.

Par ton Jésus, bonne Marie,
Fais que j'arrive en la patrie
Où nous devons régner tous.

CANTIQUE

SUR LES

PRINCIPALES VERITES DE LA RELIGION

Crois au Dieu qui créa le Ciel, la terre et l'onde,
Tout-puissant, éternel, Maître de l'Univers ;
Tendre Père ici-bas, mais juge en l'autre monde,
Récompensant au Ciel, punissant aux enfers.

    Aux vérités, Seigneur, que votre Esprit révèle
    J'adhère et me soumets, aidez encor ma foi ;
    Car il n'est de salut que pour l'âme fidèle
    Qui croit votre parole et garde votre loi.

Crois de la Trinité le mystère ineffable :
Trois personnes en Dieu : Père, Fils, Saint-Esprit ;
Trois égaux bien distincts en cet Etre adorable
Dont la substance est une et que la foi chérit.

    Aux vérités, etc.

Du coup que nous porta la faute originelle
Tombés avec Adam nous étions perdus tous ;
Le Fils pour nous sauver de la mort éternelle
Des Cieux vient ici-bas se faire homme pour nous.

    Aux vérités, etc.

Conçu du Saint-Esprit, né d'une Vierge-Mère
Il vit avec nous pauvre, humble, ami du malheur ;
Il prêche l'évangile et meurt sur le Calvaire :
Les miracles partout révèlent sa grandeur.

    Aux vérités, etc.

Bientôt il ressuscite au sein de la victoire,
A la droite du Père il va régner au Ciel ;
Un jour nous le verrons descendre plein de gloire
Et dicter à chacun son arrêt éternel.

    Aux vérités, etc,

Le Père t'a créé par sa toute-puissance ;
Le Fils t'a racheté par sa croix, par son sang ;
Et l'Esprit de ses dons te versant l'abondance
Te rend saint, pieux, fort, craintif, instruit, **prudent**.

        Aux vérités, etc.

La vertu sans la grâce au Ciel est étrangère,
La grâce a ses canaux, ce sont les Sacrements ;
Va souvent y puiser et joins y la prière :
Dieu l'exauce, Dieu l'aime au cœur de ses enfants.

        Aux vérités, etc.

Dieu du plus grand pécheur reçoit la pénitence ;
Pleure sur ton passé, confesses-en les torts :
Puis, ferme et résolu, sauve ton innocence
Des atteintes du vice et de tous ses remords.

        Aux vérités, etc.

Pour haïr ton péché songe aux maux qu'il **entraîne**,
Monte au Ciel en esprit, vois quel trône tu perds !...
Descends et des damnés vois l'éternelle peine ;
Viens au Calvaire et là, verse des pleurs amers.

        Aux vérités, etc.

Dans la communion Jésus t'offre en partage
Son corps, son sang, son âme et sa divinité ;
De la vie éternelle il est pour nous le gage :
Fréquente ce banquet avec avidité.

        Aux vérités, etc.

Sur Pierre, Jésus-Christ a fondé son église
Pierre, immortel à Rome, y gouverne à jamais ;
Infaillible, il enseigne ; et d'une foi soumise
Nous écoutons sa voix, nous suivons ses décrets.

        Aux vérités, etc.

Souviens-toi que pour lui Dieu t'a mis sur la **terre** ;
Le temps fuit, la mort vient, et puis l'éternité !
Ou le Ciel, ou l'enfer au bout de ta carrière....
Connais, aime et sers Dieu : le reste est vanité.

        Aux vérités, Seigneur, etc.

NOTES EXPLICATIVES

Qu'une indifférence stupide.

Lamennais appelle cette indifférence une incompréhensible stupeur des hommes de notre temps, un renversement de l'esprit humain, une extinction absolue du sens moral, une honteuse dégradation, une monstruosité hideuse et stérile. Pour quiconque n'est ni stupide ni ignorant, dit-il, il n'est pas facile d'être indifférent sur la religion.

PAGE **2.**

Non, non ; ciel je frappe à ta porte,

La violence du style répond à celle du caractère voulu pour conquérir le Ciel. *Violenti rapiunt illud.*

PAGE **5.**

L'Eternel avant l'aurore.

Bossuet, en parlant de la génération du Verbe, cite Saint Augustin qui appelle l'idée ou concept « *filius cordis tui* » le fils de notre cœur. Et Saint Thomas sur le même sujet suppose le Verbe une conception du cœur de Dieu.

Voici ses paroles : « *Ipse autem conceptus cordis de ratione sua habet quod ab alio procedat, scilicet a notitia concipientis. Unde Verbum... significat aliquid ab alio procedens.* La mineure de ce raisonnement, trop évidente pour être énoncée, est bien l'affirmation que le Verbe est « *conceptus cordis* » une conception du cœur.

PAGE **5. 49.**

Orgueil, tu n'es que démence
Et le monde n'est plus
Pour lui que démence.

Saint Paul a dit : Dieu n'a-t-il pas convaincu de folie la sagesse de ce monde ? (Cor. ch. 1. v. 20.) Si le monde est fou jusque dans sa sagesse, en quoi ne le sera-t-il pas ?

PAGE 10.

Et qu'en moi ta gloire divine
Couronne une divine fin.

Si le chrétien est un autre Christ, si, d'après saint Paul, il n'est qu'une copie du divin modèle, sa mort comme sa vie doit être entièrement conforme à celle du Sauveur ; elle doit porter le cachet divin de la mort même de la croix.

PAGE 15.

Ce que Dieu fit dans ce banquet
Sur son ordre doit être fait
Pour conserver sa mémoire.

La messe est un mémorial en même temps qu'une représentation de la scène du Calvaire ; affirmer qu'elle est l'un n'est pas nier qu'elle soit l'autre. Voudrait-on mettre saint Thomas et l'écriture sainte elle-même en défaut ?

PAGE 15.

C'est l'hostie expiatoire.

Le latin dit : « *Salutis hostiam.* »
Comment Jésus-Christ est-il la victime de notre salut ?
Autrement dit, comment la mort de Jésus nous sauve-t-elle ? N'est-ce pas par l'expiation de nos péchés sur le Calvaire ? Jésus-Christ n'est donc essentiellement victime de notre salut que par sa qualité de victime expiatoire. Que le sacrifice soit en outre latreutique, eucharistique et impétratoire, un commentaire pourra le dire, mais ce n'est pas l'affaire de la traduction.

PAGE 19.

O mon amour, je veux
T'adorer, te connaître.

Dans la vie chrétienne, comme dans l'ordre de la grâce, la pratique est moins la conséquence que le préliminaire même de l'instruction religieuse. Tel est aussi le caractère de l'enseignement évangélique *Cœpit Jesu facere et docere.*

PAGE 27.

Avec les escadrons rebelles
Foudroyés tous et sans pardon.

Ce langage un peu trop guerrier peut-être est celui de Milton et de Bossuet lorsqu'ils désignent les chœurs des anges. « Anges saints, dit Bossuet dans un de ses sermons, rangez autour du trône de Dieu vos escadrons invisibles.

PAGE 28.

Dieu, c'est ta loi qui nous instruit :
Dans le psaume 118 on lit :

Mon intelligence a dépassé celle de mes maîtres à force de méditer votre loi.

Et Cornelius à Lapide, commentant ce passage, dit : la loi a l'avantage d'être tout à la fois une source de prudence et de savoir.

On lit dans le même psaume :

Declaratio sermonum tuorum illuminat et intellectum dat parvulis, ce qui corrobore la même idée.

PAGE 29.

Cette vierge plus pure encore
Dès qu'un Dieu lui doit la vie.

C'est en sanctifiant son tabernacle, c'est-à-dire le sein de Marie, que le Verbe, dans son incarnation, communiqua à sa mère ce degré de pureté qui l'élève au-dessus de toutes les créatures.

PAGE 34.

Jérusalem, ô cité sainte, etc.

Ici le langage mystique des écritures, et celui de l'apocalypse en particulier, devient celui de la liturgie même. Quoi qu'il paraisse nuire à la pureté de l'élocution, il n'en est pas moins intelligible, ni surtout moins respectable.

PAGE 39.

Associer tes fils.

Si nous considérons Jésus-Christ comme homme, nous sommes ses frères ; si nous le considérons comme Dieu, nous sommes ses enfants, ses fils. Jésus-Christ dit à l'hémorrhoïsse : ma fille, ayez confiance, vos péchés vous sont remis ; à ses apôtres, à propos des richesses : *Filioli, quam difficile est confidentes in pecuniis in regnum Dei intrare !* et dans ses adieux à ses disciples, après la Cène : *Filioli adhuc modicum vobiscum sum.*

PAGE 44.

L'impur mortel.
Vierge te purifie.

Le prêtre du temple, souillé de la tâche originelle et de ses propres fautes, était bien impur auprès de la Vierge immaculée.

PAGE 45.

Un pardon joyeux.
C'est le caractère essentiel du pardon divin.
Il est un sujet de joie pour le pécheur justifié, pour Dieu dont, en pareille circonstance, le père de l'enfant prodigue est l'image, et pour le Ciel qui se trouve plus heureux, dit l'évangile, du retour d'un seul pécheur à Dieu, que de la persévérance de quatre-vingt-dix-neuf justes.

PAGE 50.

Gloire au Dieu qui daigna
Lui devoir la vie.

Il est évident que le fils de Dieu doit sa vie corporelle à la Sainte Vierge. Autrement comment serait-elle sa mère ?

PAGE 47.

Levites pieux etc.
L'obligation de concentrer le sens du latin dans des stances toujours trop étroites, n'a guère permis à cette traduction l'emploi des mots superflus. Si donc cinq adjectifs figurent dans les sept rimes de la présente strophe, c'est autant par exception que par nécessité de traduire la pensée de l'original.

Quelle puérilité du reste que d'en vouloir aux adjectifs et de les condamner, dès qu'ils figurent au rang des rimes ! Les adjectifs, comme toutes les parties du discours, ont de droit leur place partout dans la phrase quand ils sont exigés par le sens.

Où en seraient nos meilleurs poëtes, s'il en était autrement ? Racine serait détrôné ; et Jean-Baptiste Rousseau, regardé comme un modèle au point de vue de la facture du vers et de l'harmonie poétique, ne serait plus que le dernier et le plus triste des versificateurs.

PAGE 51.

L'Isle préparée etc.

Les noms de hameaux, villages, bourgs, villes, sont rigoureusement masculins dans notre langue. Toutes les apparences féminines, quelles qu'elles soient, ne sauraient les exempter de cette règle. Ainsi, pour ne citer que quelques noms   Villefranche, Longueville, La Chapelle, La Croix, etc., etc., malgré l'article ou l'adjectif qui trahit leur genre étimologique, sont impitoyablement du masculin.

PAGE 53.

Mais là, fiers tyrans,
Là n'est pas sa carrière.

Cette qualification, appliquée à Julien l'apostat dans les armées duquel servit notre saint n'a certainement rien de trop odieux.

TABLE ALPHABÉTIQUE

HYMNES

PROSES

241

www.ingramcontent.com/pod-product-compliance
Lightning Source LLC
Chambersburg PA
CBHW051528280626
47161CB00021B/2390